그래도, 부모

권승호 지음

앨
ㄹㅍ

언제까지 가짜공부에 매달려야 할까요

만나고 싶었습니다. 바보가 되어 가는 아이들을 보면서, 똑똑한 아이를 바보로 만드는 부모님들에게 하소연하고 싶었습니다. 설득하고 싶었습니다.

"저도 학원 다니고 싶지 않은데, 자기주도학습을 하고 싶은데 엄마가 다니라고 하니 어쩔 수 없이 다녀요."

이렇게 말하는 아이들을 보면서 이 땅의 부모님들을 다 만나고 싶어 안달이 났습니다.

"이건 아닙니다. 지금 부모님께서 실수하고 있는 겁니다"라고 설득하고 싶었습니다. 교육은 믿음이고 용서이고 기다림이라는 지극히 평범한 진리를 전하고 싶었습니다. 공부는 '익힐 습習'의 학습學習이자 '물을 문問'의 학문學問이니, 익히는 시간과 의문

품을 시간을 빼앗아서는 안 된다고 이야기해 주고 싶었습니다. 할 이야기가 너무 많아서, 하지 않으면 병이 날 것 같아서, 글자판을 두드렸습니다.

'신데렐라 계모' 같은 부모님들이 너무나 많습니다. 의붓딸을 학대한 계모가 아니라, 맞지도 않는 황금 신발에 딸의 발을 집어넣으려고 엄지발가락을 자르고 발뒤꿈치를 자른 엄마 말입니다.

'내가 뭘 잘못했는데?' '난 그런 부모가 아니야' '모두 아이를 위해서였어…'라고 생각하시나요? 아이의 재능이나 성격을 무시하고 오직 공부 잘하기만을 소망하는 잘못, 비료를 지나치게 많이 주면 식물이 죽게 된다는 과유불급過猶不及의 이치를 깨닫지 못한 어리석음, 아이가 해야 할 일을 대신 해 주는 것은 아이를 바보로 만들 뿐임을 모르는 잘못에서 자유로운 부모가 과연 얼마나 될까요?

● ● ●

준비 없이 선생이 되고 얼떨결에 부모가 되어 어느 순간부터 '난 참 바보처럼 살았군요'라는 노래를 읊조리곤 했습니다. 어떻게 아이들을 만나고, 어떻게 아들딸을 대해야 할지 고민해 보지도 않고 즉흥적으로 기분 내키는 대로 남들 하는 것을 곁눈질하며 생각 없이 따라 하기 바빴던 것이지요. 부끄러움을 느끼고 한바탕 울고 난 뒤 이런저런 질문을 던지고 관련 서적을 읽으면서 답을 찾아나서기 시작했습니다. 덕분에 그 이후에는 편안하고 행복할 수 있었습니다.

교육 때문에 고통스럽다는 아우성이 들끓는 가운데에도 그다지 힘든 시간을 보내지 않을 수 있었던 것은 '따라 하기'를 그만두었기 때문입니다. 주위 아이들이 이 학원 저 학원 기웃거릴 때 자기주도학습이 최고의 학습법이라고 흔들림 없이 주장했고, 휴식과 놀이는 발전을 위해 반드시 필요한 것이라는 확신으로 아이들과 함께 휘파람 불며 여행을 떠났으며, 남들이 성적표에 끌려 다니며 한숨 쉴 때 대학 입학 이후의 노력이 중요한 것이라고 쉼 없이 중얼거렸습니다.

염려와 규제와 간섭을 정답이라고 생각하는 분위기 속에서 '시간이 성숙하게 만들어 줄 거야' '나도 고등학생 때에는 그랬는데 뭘?'이라고 중얼거렸고, 공부 못해도 몸과 마음만 건강하면 훌륭한 사회 구성원이 되는 데 문제 없다는 믿음을 가졌으며, 친절한 가르침보다 스스로 깨우치도록 기회를 주는 것이 더 나은 교사의 자세라고 확신했습니다.

이런 확신을 더욱 굳건히 해 주고 옳은 길임을 증명해 준 것은 다름아닌 아이들이었습니다. 꼴찌 그룹에 속했던 학생이 군대에 다녀온 뒤 다섯 개 틀린 수능 성적표를 받아 왔고, 330명 중 303 등으로 입학했던 아이가 고3 때부터 공부하여 대학에 진학하고 은행원으로 성실히 살아가고 있으며, 초등학생 때 부모를 여읜 제자가 서울대학교를 졸업하고 하버드대학교에서 연구원으로 활동하고 있습니다. 학생 때 존재감 없었던 아이가 연예인이 되어 텔레비전에 등장했고, 엄청난 말썽꾸러기가 어엿한 회사원이 되어 나타나기도 했습니다.

● ● ●

'가짜뉴스'가 사회문제로 등장할 만큼 거짓 정보가 넘실대고 있음에도, 학생도 학부모도 여전히 거짓 정보들을 무비판적으로 받아들이고 있는 현실이 안타깝습니다. 학교 현장에서 학생들과 함께 호흡하며 깨달은 진실과 지혜를 나누고 싶습니다. 학부모님들에게 제가 가진 작지만 소중한 정보를 전해 주고 싶습니다.

1부에서는 사교육을 비롯한 우리 교육이 처한 안타까운 현실을 진단하고 그 해결책을 모색해 보았고, 2부에서는 부모의 자세, 부모의 역할, 좋은 부모로 살아가는 지혜를 함께 나누고자 했으며, 3부에서는 그동안 학생들을 지도하면서 깨달은 바람직하고 효율적인 학습법을 정리해 보았습니다.

마무리한 원고를 살펴보면서 부족함에 얼굴이 달아올랐지만, 더 많이 생각하고 고민하고 공부하여 더 나은 책을 내겠노라는 다짐으로 부끄러움을 날려 보냈습니다. 부족한 원고 다듬어 책으로 엮어 준 앨피출판사, 함께 호흡하면서 깨달음과 기쁨과 보람을 준 제자들, 믿음으로 힘을 주신 학부모님들께 감사하고 미안하다는 이야기를 전하고 싶습니다.

2017년

가을의 문턱에서

권승호

차례

2 좋은 부모가 되고 싶다면

3 공부 잘하는 18가지 방법

1

요즘 학교 가 보셨나요?

'사랑의 마음'이라 이름 붙이고, '사랑하기 때문'이라고 큰소리치고 있

지만, 사실은 미움과 고통을 주고 아이들의 성장을 멈추게 하면서 미

래를 슬픔으로 연결시키고 있는 것은 아닌가요?

　　　　　　　　　　　　스스로 알아서 하는 일이 없
습니다. 지시만 기다립니다. 로봇이 되어 버린 아이들. 지시에 따
른 복종, 강요에 의한 움직임만 있을 뿐입니다. 우유 급식 신청
을 하라 해도, 어떤 과목을 선택할 것인지 물어도, 야간 자율학
습을 할 것인지, 병원에 갈 것인지 말 것인지 결정하라 해도 부
모님에게 물어보아야 한다며 시간을 달라 합니다. 고등학생임에
도 '엄마에게 물어보고요'가 기본입니다. 청소도 스스로 알아서
하는 아이들이 거의 없습니다. 지켜보고 있어야 겨우 쓸고 닦는
시늉을 합니다. 그것도 그날로 끝입니다. 청소한 흔적은 있지만
청소를 마쳤다고 말하기는 어렵습니다.

공부는 더 말할 것도 없습니다. 스스로 공부하는 아이가 거의 없습니다. 집중력이나 탐구 능력은 말할 것도 없고 대답도 서툴고 발표도 엉성하며 질문도 못하고 받아쓰기만 합니다. 아니, 해 보려는 의지가 없습니다. 함께 슬퍼할 줄도 함께 기뻐할 줄도 모릅니다. 모든 아이들이 그런 것은 아니지만 대부분의 아이들이 그렇습니다.

어른들의 잘못입니다. 부모들의 지나친 간섭과 도움이 아이들을 바보로 만들었습니다. 옛날 같으면 가장 노릇을 할 청년들을 어린아이 취급합니다. 믿고 맡기면 잘해 나갈 수 있을 텐데, 기회도 주지 않고 할 수 없노라 무시하면서 대신 해 주고 도와주고 구경만 하도록 한 데에서 잘못이 시작되었습니다. 이만한 어리석음, 이만한 잘못이 또 있을까요?

아이들이 판단하지도 결정하지도 못하는 수동적인 '마마보이'가 된 원인은 아이들에게서가 아니라 부모에게서 찾아야 합니다. 부모의 욕심과 무지와 자기 위안 그리고 잘못된 사랑 때문입니다. 믿지 못하고 느긋하게 기다리지 못한 어른들은 이제라도 아이들에게 용서를 구해야 합니다. 스스로 할 수 있는 일까지 의심하며 맡기지 못한 잘못을 인정하고 반성해야 합니다.

초등학교 1학년 때부터 스스로 하도록 맡기고, 죽이 되든 밥이 되든 상관하지 말고 스스로 해결하도록 했어야 합니다. '지각하여 야단을 맞는 것도 네 일이니 늦잠을 자든 여유를 부리든 알아서 하라' 했어야 했고, 방이 아무리 지저분해도 스스로 치울 때까지 내버려 두어야 했습니다. 기다리지 못하여 대신 해 주고 야단친 것이 잘못이었습니다.

$(7+4) \times 8 \div 2$의 답을 구하려고 고민하는 아이에게 왜 빨리 문제를 풀지 못하느냐고 다그치지 말고 5분, 10분, 아니 1주일이라도 기다려 주어야 합니다. 아이 숙제를 대신 해 주면서 게으르고 멍청하다고 윽박지르지 말고, 네 일이니 네가 알아서 해야 한다고 말하고, 생각하고 또 생각하면 답을 얻을 수 있다고 격려한 뒤에 한 발 물러나 지켜보아야 합니다. 과잉보호 때문에 멀쩡한 아이를 약한 아이로, 무능력한 아이로, 창의성 없는 아이로 만들어 버렸음을 이제라도 반성해야 합니다.

의견을 물으면 엄마한테 물어보고 답해 주겠다는 아이들, 시키는 것만 겨우 할 뿐 스스로 알아서 하는 일은 거의 없는 아이들, 스스로 해 보지 않아서인지 자신감 없는 아이들, 생각할 기회가 없었기 때문인지 창의력이 부족한 아이들, 스스로 결정해 본 적이 없어 책임감 없는 아이들…. 모두 기회를 빼앗아 버린 어른들의 잘못입니다.

아이들은 절제력이 없으니 자유를 허용하는 것은 잘못이라고들 합니다. 청소년들은 생각하는 힘이 부족하고 판단력과 자제력이 부족하니 가르치고 도와주고 간섭하는 것이 필요할 뿐만 아니라 중요하다고 합니다. 완전히 틀린 말은 아닙니다. 하지만 우리 가정과 학교에서는 '지나치게' 도와주고 간섭하고 있습니다.

아이를 잘 기르려는 부모님의 마음에 돌을 던질 수는 없지만, 조금 빨리 성장시키겠노라 욕심 부리는 것에는 단호하게 반대합니다. 성장은 누가 시켜 줄 수 있는 것이 아니라 스스로의 노력으로 이루어 가는 것입니다. 자녀에게서 자유를 빼앗는 것은 사랑이 아니며, 모든 일에 참견하고 간섭하는 것은 오히려 성장을 방해할 뿐입니다.

중국 당나라 수도 장안에 등이 낙타처럼 굽었으면서도 나무를 잘 기르는 곽타타郭駝駝라는 사람이 있었습니다. 곽타타에게 나무 잘 기르는 비법이 무엇이냐고 묻자 그는 이렇게 대답하였습니다.

"감히 제가 나무를 잘 자라게 하거나 무성하게 만들 수는 없지요. 나무를 못살게 굴지 않고 자라는 걸 방해하지 않았을 뿐입니다."

과유불급過猶不及, 지나친 것은 미치지 못함과 같습니다. 아니 오히려 더 나쁜 결과를 가져올 수도 있습니다. 영양이 풍부한 음식이나 약효가 좋은 약도 지나치게 먹으면 탈이 나듯, 칭찬과 나무람도 지나치면 안 하는 것만 못한 결과를 가져옵니다. 아이들을 지나치게 얽어매고 간섭하고 가르치면 오히려 나쁜 결과를 낳습니다.

아이가 발을 동동 구르며 우는 모습을 미소 지으며 바라볼 수 있어야 합니다. 직접 해 보아야만 자신감을 갖고 성취를 통해 행복을 느낄 수 있음을 알아야 합니다. 자신의 의지나 힘으로 하지 않은 일에서 어떻게 자신감과 성취감을 느끼고 행복을 맛볼 수 있겠습니까? 고기도 먹어 본 사람이 잘 먹는다는 말이 있지요. 사랑도 주어 본 사람이 잘 주고, 용서도 해 본 사람이 잘할 수 있으며, 일도 해 본 사람이 잘합니다. 공부도 그렇습니다. 부모라고 해서 아이에게 주어진 기회와 능력, 행복까지 빼앗을 권리는 없습니다.

마냥 놀았습니다. 공부는커녕 숙제도 제대로 하지 않았습니다. 학원이라는 단어조차 알지 못했고 바람 빠진 공도 없어 나뭇가지, 돌멩이, 모래, 흙, 병뚜껑을 가지고 놀았습니다. 땅바닥에 금을 그으며 놀고 숨바꼭질을 하면서 하루를 보냈습니다. 청소와 심부름은 기본이고 논밭에 나가 어른들 일을 거들기도 했습니다. 그래도 몸과 마음은 무럭무럭 성장했습니다. 그렇게 자란 아이들이 어엿한 사회인이 되어 제각각 멋지게 살아가고 있습니다.

부모가 나서서 대신 해 주고, 선택해 주고, 결정해 주는 것은 사랑이 아니라 바보 만들기일 뿐입니다. "네 마음대로, 네가 판단해서, 네 생각대로"를 외쳐야 합니다. 아이에게 무관심하라는 말이 아니라, 스스로 할 수 있다고 믿고 맡기라는 말입니다. 스스로 생각하고 행동함으로써 성취감과 좌절감을 느껴 보고, 그 과정에서 행복을 맛볼 수 있는 기회를 누리도록 해야 한다는 이야기입니다.

창살 없는 감옥에 갇혀 성장의 기회를 박탈당한 채 로봇이 되어 버린 아이들을 보면 슬픔이 밀려옵니다. 공부라는 괴물 때문입니다. 공부의 노예가 된 아이들이 지적 수준이 높아졌고 인성이라도 훌륭해졌다면 그나마 고개를 끄덕일 수 있겠으나 그렇지 못한 것이 오늘날 우리 사회의 안타깝고 슬픈 현실입니다. '오직 공부'를 외쳤기 때문이고 스스로 공부할 시간을 주지 않았기 때문이며 점수 얻는 방법만 훈련시켰기 때문입니다. 공부를 강조하면서도 공부의 흥미를 빼앗아 버렸기 때문입니다.

아이들에게 시간과 기회를 주고 기다려 준다면 아이들은 올바르게 성장하면서 행복할 것이고 부모님들은 여유 속에서 미소 지을 수 있습니다.

　권리 아닌 권리, 사랑 아닌 사랑으로 아이들의 소중한 시간과 기회를 빼앗고 있지는 않습니까? 요리조리 생각하고 자유롭게 행동할 시간을 빼앗고, 스스로 공부할 시간을 빼앗아 사교육이라는 감옥에 가두어 놓고 몸도 마음도 약하게 만들고 있지는 않습니까? 선한 의도가 나쁜 결과를 초래하고 의도와 다르게 나쁜 부모가 되어 버렸는데도 이 사실을 모르고 있는 것은 아닙니까? '사랑의 마음'이라 이름 붙이고, '사랑하기 때문'이라고 큰소리치고 있지만, 사실은 미움과 고통을 주고 아이들의 성장을 멈추게 하면서 미래를 슬픔으로 연결시키고 있는 것은 아닌가요?

15년 전만 해도 수업 시간에 조는 아이들은 한두 명 있었어도 엎드려 자는 아이는 한 명도 없었습니다. 그런데 2017년 현재 대한민국 교실에는 자는 아이들이 너무 많습니다. 언론에서도 이 문제를 한두 번 다루었지만 심각한 사회문제로까지 여기지는 않는 듯합니다. 그 어떤 문제보다 심각하고 빨리 해결해야 할 문제임에도 교육부도, 학교도, 학부모도, 학생도 이 불편한 사실을 애써 외면하고 있습니다. 학교에 와서 졸거나 자는 아이들, 눈은 뜨고 있지만 정신은 흐리멍덩한 아이들이 현재 대한민국에는 많아도 너무 많습니다.

이 문제를 이야기하면 선생님의 강의가 재미가 없고 일방적 ·

주입식 강의를 하니까 그렇지 않느냐고 합니다. 어떤 선생님 수업 시간에는 자는 아이가 많고 어떤 선생님 수업 시간에는 자는 아이가 적지 않느냐면서, 엄하게 통제하거나 수업을 재미있게 하면 아이들이 졸지 않고 공부할 것이라고 이야기합니다.

틀린 말은 아니지만 그것이 근본 원인이고 대책일까요? 물론 강의가 재미있거나 활동 중심의 수업이라면 한두 시간은 졸거나 자지 않을 수 있겠지요. 하지만 아무리 강의가 재미있고 활동 중심이더라도 충분한 수면 없이는 졸지 않을 수 없고 설령 졸지 않았다 하더라도 제대로 공부할 수 없습니다.

학생들이 교실에서 졸거나 자는 가장 큰 이유는, 밤에 늦게 자기 때문입니다. 절대 수면이 부족하니 수업 시간에 졸거나 잠을 잘 수밖에 없습니다. 졸고 있는 아이들에게 어젯밤 몇 시에 잤는지 물으면 약속이나 한 것처럼 새벽 2시, 3시 이후에 잠자리에 들었다고 대답합니다.

공부에 흥미가 없고 공부 욕심이 없어서 자는 아이들도 있지만, 그것이 현재 우리 교실의 풍경을 만든 결정적인 이유는 아닙니다. 아무리 마음을 다잡고 열심히 하려 해도 수면 부족은 공부 의욕을 떨어뜨리고 집중을 방해합니다. 공부를 열심히 하겠다는 의지와 함께 공부에 집중할 수 있는 몸 상태를 만드는 것이 무엇보다 중요한데, 그러기 위해 가장 필수적인 것이 충분한 수면입니다.

행정고시에 합격한 제자가 감사 인사를 전하러 찾아왔습니다. 학생 때 최상위권 성적은 아니었던 제자였기에 대견하기도 하고 어떻게 공부했는지 비결이 궁금하여 이것저것 물어보았습니다. 얼마만큼 자면서 공부했느냐 했더니 하루 7~8시간 정도 잤다고 하였습니다. 자기만 그런 것이 아니라 고시 공부하는 사람들은 대개 잠을 충분히 잔다며, 그렇지 않으면 제대로 공부하기 어렵다고 했습니다.

비단 이 제자뿐 아니라 수능 고득점자로 방송에서 인터뷰한 학생들, 학업 성적이 뛰어난 학생들에게 공부 비결을 물어보면 하나같이 학교 수업에 충실하였고 교과서를 중심으로 공부했으며 무엇보다 충분하게 잠을 잤다고 대답합니다. 쏟아지는 잠을 참아 가면서 공부해서 좋은 성적을 냈다고 말하는 학생은 거의 없습니다.

세상에서 가장 무거운 것이 눈꺼풀이라고 하지요. 잠 이기는 장사 없습니다. 수업 시간에 졸거나 자면 밤에 잠이 오지 않고, 밤에 잠을 자지 않았으니 낮에 또 잠이 오고… 악순환입니다. 발표 수업, 거꾸로 수업, 하부루타 수업(짝을 지어 질문, 대화, 토론, 논

쟁하면서 지식을 키우는 방법) 같은 새로운 수업 방식을 도입해 보라는 제안도 일리가 있지만, 아무리 수업 방식을 바꾼다고 해도 절대 수면량이 부족한 아이들을 어떻게 해 볼 도리는 없습니다.

수업 시간에 졸다가 쉬는 시간에 책상에 엎드려 자는 아이들을 보면 너무 안쓰럽습니다. 그래서 담임을 맡으면 가장 먼저 학부모님들께 편지를 보내서 무엇보다 밤에 잠을 충분히 잘 수 있게 도와달라고 부탁합니다. 사랑하는 아이들을 비몽사몽 상태로 방치할 수는 없으니까요. 비몽사몽 상태에서는 조금치의 실력 향상도 불가능하니까요.

부모의 역할은 아이들이 맑은 정신으로 공부할 수 있도록 도와주는 것입니다. 잠이 보약입니다.

밤에 충분히 잠을 자지 않으면 낮에 졸거나 잘 수밖에 없다는 것은 너무나 분명한 사실인데도 아이들은 밤에 좀처럼 잠들지 못하고 있습니다. 왜일까요? 아이들의 수면을 방해하는 주범은 무엇일까요? 바로 스마트폰과 사교육입니다.

스마트폰이 아이들을 올빼미로 만들고 있습니다. 스마트폰은 '영리한' '현명한'이라는 이름에 걸맞게 다양한 기능으로 편리함과 재미를 주는 놀라운 물건이지만, 우리 아이들에게는 '영리함을 파괴하는' '현명함을 잃어버리게 만드는' 물건으로 쓰이고 있습니다.

등교 후 교실에 앉은 아이들 대부분은 선생님이 들어오기 전까지 스마트폰을 만지작거립니다. 수업이 끝나고 수거했던 스마트폰을 돌려주면 곧바로 스마트폰에 빠져듭니다. 책 볼 시간, 대화할 시간, 생각할 시간, 운동할 시간을 스마트폰에 빼앗기고 있습니다. 스마트폰으로 게임을 하고 만화와 영화는 물론 드라마·연예 프로그램·스포츠 중계도 봅니다. 대화조차 스마트폰 문자로 나눕니다. 스마트폰이 아이들의 생활 중심에 자리 잡은 지 오래입니다.

아이들은 스마트폰보다 더 좋은 친구가 없고 스마트폰 없이는 단 하루도 살 수 없다며 스마트폰의 노예가 되기를 주저하지 않습니다. 밥을 먹으면서도 길을 걸으면서도 버스에 앉아서도 스마트폰 속으로 빠져듭니다. 가을이 왔는지 단풍이 아름다운지 감이 익어 가는지도 모릅니다. 엄마의 미소도 아빠의 피곤함도 눈에 들어오지 않습니다. 몰입 그 자체입니다. 몰입을 좋은 것이라고 생각했는데, 스마트폰에 몰입한 아이들의 모습을 보고 있노라면 걱정과 근심이 앞섭니다.

이처럼 스마트폰이 아이들을 지배하고 있는 현실에서, 그 편리함과 이익만 따질 뿐 해로운 점은 깊이 고려하지 못하는 것 같아 안타깝습니다. 아이들은 누군가 통제하지 않으면 종일 스마트폰을 만지작거립니다. 다른 일에는 자율을 주더라도 스마트폰 이용만큼은 간섭과 통제와 설득이 필요한 이유입니다. 아이들 스스로 자제하기를 기대해서는 안 됩니다. 아이 스스로 자제하지 못한다면 부모가 절제하도록 도와주어야 합니다. 견물생심見物生心입니다. 스마트폰이 옆에 있는 한, 만지지 않고 들여다보지 않을 재간이 없습니다. 부모님들이 단호하게 스마트폰을 해지해야 하는 이유입니다.

스마트폰 못지않게 수면을 방해하는 또 다른 주범은 사교육입니다. 많은 아이들이 밤 11시, 늦으면 12시까지 학원에 머무릅니다. 학원에 '머무르는 것'을 '공부하는 것'이라고 생각하는 부모님들이 많은데 학원에 오래 머물렀다고, 강의를 들었다고, 책상 앞에 앉아 있었다고 공부를 한 것은 아닙니다. 그런데도 아이들은 밤늦게 집에 와서 그때까지 학원에서 공부했으니 배 고프다며 간식을 먹고, 휴식을 취한다며 게임을 하거나 스마트폰으로 뭔가를 합니다. 그러다 보면 잠이 달아나 늦은 시간까지 뒹굽니다. 숙제라도 있다면 금세 2시, 3시를 훌쩍 넘깁니다. 그 시간에 잠자리에 드니 낮에 졸릴 수밖에요.

아이들이 지쳐 있습니다. 대낮에 교실에서 아이들은 조는 것이 아니라 숫제 잠을 자고 있습니다. 수면 부족은 공부를 방해할 뿐 아니라 건강까지 위협합니다. 수면 부족이 아이들의 뇌 발달과 건강에 나쁜 영향을 끼친다는 많은 연구 결과들이 있습니다. 기억과 관련 있는 뇌 부위인 전두엽은 물론, (특히 어린이의 경우) 계획된 움직임과 공간 추론, 집중력 등과 관계된 뇌의 후두엽에도 나쁜 영향을 미친다고 합니다.

스마트폰과 사교육이 잠을 방해하고 있는 현실은 '얻음'만 보고 '잃음'은 생각하지 못하는 어리석음에서 비롯되었습니다. 지금 계산해 보십시오. 얻은 것은 무엇이고 잃은 것은 무엇인지를. 수업 시간이나 쉬는 시간의 교실 풍경을 한 번만이라도 본다면 자녀가 밤에 잠 안 자고 공부하는 모습에 뿌듯해할 부모님은 없을 것입니다.

잠을 잘 자야만 공부도 잘할 수 있습니다. 책상 앞에 앉아 밤늦게까지 공부하는 것은 결코 현명한 방법이 아닙니다. 잠을 줄여 가며 하는 공부는 아이에게 독이 될 수 있음을 알아야 합니다. 밤에 잠을 자는 것은 시간을 허비하는 것이 아니라 공부하는 데 필요한 에너지를 만드는 필요하고도 중요한 일입니다.

시속 10킬로미터로 15시간 달리면 150킬로미터를 갈 수 있지만 시속 70킬로미터로는 10시간만 달려도 700킬로미터를 갈 수 있습니다. 쉼 없이 기어가는 것보다, 중간에 쉬고 놀다가 비축된 힘으로 뛰어가면 더 오래 더 멀리 갈 수 있습니다.

쉼 없이 뛰어가면 된다고요? 인간은 쉼 없이 뛸 수 있는 존재가 아니잖아요.

아버지와 함께 모내기를 했던 어린 시절, 아버지께서 넷이나 다섯 줄기씩 심으라 하시는데도 아버지 몰래 여섯이나 일곱 심지어는 여덟 줄기씩 심었고, 못줄에 맞추어 심으라는 말씀을 어기고 못줄 표시 네 개에 다섯 번을 심었습니다. 비료를 많이 주면 안 된다는 말씀을 어기고 몰래 듬뿍 뿌려 주었습니다. 많이 심고 조밀하게 심고 비료를 많이 주면 더 많이 수확할 수 있을 거라고 생각했던 것이지요. 그리고 가을에 아버지께 큰소리치겠노라 마음먹었습니다.

하지만 결과는 예상과 달랐습니다. 제가 심은 벼는 키가 자라지 않았고, 열매도 충실하게 여물지 못했으며, 비료를 많이 준

곳의 벼는 말라비틀어지기까지 했습니다.

이해할 수 없는 결과에도 저는 잘못을 깨닫지 못하고 다음 해에도 똑같은 일을 반복하였습니다. 어른이 된 뒤에도 어리석은 행동은 달라지지 않았습니다. 많이 먹어서 배탈이 났고, 너무 열심히 뛰어서 중간에 주저앉아 버렸으며, 지나친 친절로 오해를 사기도 하였습니다. 말 한 마디 덧붙여서 일을 망치기도 하고, 과속을 하다가 범칙금 고지서를 받았으며 대형 교통사고를 낼 뻔도 하였습니다.

쉰 살이 넘어 흰머리가 내려앉은 뒤에야 중용中庸의 중요성을 깨달았고, 힘이 빠져 가는 나이가 되어서야 과유불급過猶不及, 교왕과직矯枉過直, 교각살우矯角殺牛(소의 뿔을 바로잡으려다가 소를 죽인다는 뜻, 잘못된 점을 고치려다가 그 방법이나 정도가 지나쳐 오히려 일을 그르침)가 진리임을 알 수 있게 되었습니다.

적당히 놀고 쉬고 공부하는 것이 오히려 좋은 결과를 가져온다는 평범한 진리, 과유불급의 진리를 교육 현장에서 자주 확인합니다. 쫓기듯 오로지 공부에만 매달린 아이보다 적당히 휴식도 취하면서 공부한 아이가 더 좋은 성적을 받는 경우를 많이 봅니다. 학원 수업과 과외·숙제에 정신없이 쫓기던 학생이 시험이 끝난 뒤에 가슴을 치며 눈물을 흘리는 모습, 여유를 가지고 꾸준

그래도, 부모

히 자기주도학습을 한 아이가 좋은 성적표를 받고 미소 짓는 모습도 많이 보았습니다. 많이 먹는 것이 건강에 좋지 못한 결과를 낳듯, 많이 '배우는 것'이 오히려 성적 하락으로 연결될 수 있음을 너무 많이 확인하였습니다.

안타깝게도 상당수 아이들이 사교육과 인터넷 강의 때문에 밤에 잠을 자지 못하여 교실에서 자고 졸기를 반복하면서 시간을 허비하고 있습니다. 사교육과 인터넷 강의 때문에 자기 공부할 시간을 가지지 못하고 있습니다. 예습·복습을 하지 못하여 공부다운 공부를 경험하지 못하고 있습니다. 공부를 선생이 시켜 주는 것으로 생각하기 때문입니다. 같은 교실에서 같은 선생님께 같은 시간 동안 같은 내용을 배웠지만 학생 개개인의 실력이 제각각인 것만 보아도 공부는 선생이 시켜 주는 것이 아니라 학생이 해야 하는 것임이 분명한데, 공부의 주체를 선생님으로 생각하는 학생과 학부모들이 많아도 너무 많습니다.

저 역시 예전에는 잘 가르치는 선생님의 훌륭한 강의를 들어야만 실력을 향상시킬 수 있다고 생각했습니다. 그런데 그동안 수많은 아이들을 가르치는 과정에서 선생님의 실력과 학생의 실력 향상 사이에는 아무런 관련이 없다는, 있다고 해도 극히 미약할 뿐이라는 사실을 확인하였습니다. 실력 향상을 위해 중요하고 필요한 것은 선생님의 실력이나 열정이 아니라 학생의 의지와 노력이라는 사실을 깨달은 것이지요. 이후 학습법을 연구하기 시작하면서 "공부는 학생이 하는 것이고 책으로 하는 것이다. 배움이 중요한 것이 아니라 익힘이 중요한 것"임을 확신하게 되었습니다.

공부는 선생이 시켜 줄 수 있는 것이 아닙니다. 공부는 학생이 하는 것입니다. 책을 스승 삼아서 학생이 스스로 해야만 좋은 결과를 낼 수 있습니다. 혼자 연구하고 고민하면서 실력을 키워 가야 합니다. 선생님은 다만 방향을 제시하고 당근과 채찍을 들고 지켜봐 주고, 격려해 주고, 잘못된 길로 가지 않도록 지도할 수 있을 뿐입니다. 공부의 주체는 학생이고 선생님은 안내자요 도움자입니다. 잘 가르치는 선생님이 있고 못 가르치는 선생님이 있다는 것은 인정하지만, 잘 가르치는 선생님께 배워야 공부를 잘할 수 있다는 생각에는 절대 동의할 수 없습니다.

공부는 책을 가지고 생각하면서 꼼꼼하게 해야 잘할 수 있습니다. 인터넷 강의 등 미디어 매체의 도움을 받으면 편하기는 하지만 실력을 쌓을 수는 없습니다. 책을 보고, 깊이 생각하며, 실력에 맞게 속도를 조절해 가면서 이해가 안 되는 부분은 사전이나 참고서 등을 활용하면 됩니다. 서두르지 말고 하나씩 확실하게 알아 가면서 천천히 해 나가는 공부가 진짜 공부입니다. 인터넷 강의가 필요 없는 이유는 배움은 수업 시간으로 충분하기 때문이고, 인터넷 강의를 듣다 보면 생각할 시간, 예습 복습할 시간이 줄어들 수밖에 없기 때문입니다.

다른 일과 마찬가지로 공부도 타고난 재주가 있어야 잘할 수 있고, 노력만으로는 한계가 있다는 사실을 받아들여야 합니다. 음악에 재주가 없노라 말하고 운동에는 소질이 없노라 말하면서도 공부에 재주가 없다는 말은 하지 않음은 이상하지 않은가요?

공부를 꼭 잘해야만 하는 것도 아닙니다. 사회 구성원으로서 세상을 살아가는 데 필요한 지식과 교양을 쌓는 것은 의무지만 대학 입학은 의무가 아닙니다. 학문에 재능이 있는 학생이라면 국가가 나서서라도 공부할 수 있도록 도와주어야 마땅하지만, 재능도 흥미도 없는 아이에게 반드시 대학에 가야 한다고 강요하는 것은 불행을 낳을 뿐입니다.

잘 가르치는 선생에게 배우기만 하면 실력이 일취월장할 거라는 믿음으로 엄청난 투자를 쏟는 것은 잘못입니다. 공부는 선생이 시켜 줄 수 있는 것이 아니라는 사실, 공부도 재주라는 사실을 인정하고 받아들인다면 삶의 고통이 상당히 줄어들지 않을까요?

··· 공부는 시켜 줄 수 있는 것이 아닌데

●●● 개천에서 용 나기 어렵다고요?

이제 더 이상 개천에서 용이 나오지 않는다고, 그런 세상이 되었다고들 합니다. 대부분의 사람들이 이 이야기에 고개를 끄덕입니다. 그런데 정말 그럴까요?

1970년 중학교 진학률은 36퍼센트, 고등학교 진학률은 20퍼센트였습니다. 용이 될 수 있는 능력이 있음에도 상급 학교에 진학하지 못해 꿈을 접어야 했던 사람들이 참으로 많았습니다. 진학은 하였지만 등하교에 시간을 빼앗기고 집안일을 돕느라 공부할 시간을 가질 수 없는 학생들도 많았지요. 저 역시 중학교 1, 2학년 때 하루에 4시간 정도를 등하교에 허비했고 주말에는 농사일을 도와야 했습니다.

가난 때문에 배움의 기회를 얻지 못하고, 학교에 다니더라도 어려운 집안 형편 때문에 공부할 시간을 갖지 못해 개천에서 용 나기가 쉽지 않았습니다. 장학금도 거의 없었지요. 뛰어난 능력과 의지가 있음에도 기회조차 만나지 못하여 꿈을 접을 수밖에 없었던 사람들이 많았습니다. 제 초등학교·중학교 친구들 중에도 저보다 공부 잘하고 똑똑했지만 가난 때문에 중학교·고등학교에 진학하지 못하고 노동 현장으로 간 친구들이 있었습니다. 그때에 비하면 지금은 가난해도 고등학교는 물론 대학도 다닐 수 있고, 의지만 있다면 대학원 공부도 가능합니다. 장학금도 적지 않습니다. 과거에 비해 노력하는 사람에게 기회가 열려 있는 세상, '개천에서 용 나올' 확률이 훨씬 높은 사회인 것은 분명합니다.

개천에서 용 나는 것이 불가능하다고 말하는 사람들의 주장을 찬찬히 분석해 보면, 그들이 진짜 하고 싶은 말은 가난하면 사교육을 받을 수 없고 사교육 없이는 좋은 성적을 거둘 수 없다는 것입니다. 이 판단이 과연 옳을까요? 환경이 공부에 큰 영향을 미치는 것은 사실입니다. 경제적 어려움, 부모님의 불화나 갈등 등 어려운 가정환경에서는 근심 걱정이 많을 수밖에 없고 이것이 심리적 불안과 분노와 짜증으로 이어져 공부에 부정적 영향을 미치는 것은 분명하니까요. 그러나 사교육을 받아야만 성적을 올릴 수 있고, 사교육을 받지 못하면 좋은 성적을 받을 수 없다는 주장에는 절대 동의할 수 없습니다. 사교육 없이 대학 입시에서 좋은 결과를 낸 아이들이 많고, 사교육에 매달렸으나 대학 입시에 실패한 학생들도 많기 때문입니다.

많은 학생과 학부모들이 좋은 선생님이 아니라 잘 가르치는 선생님을 찾아 헤맵니다. 잘 가르치는 선생님에게 배우면 좋은 성적을 거둘 수 있을 거라고, 실력 있는 선생님을 만나지 못했기 때문에 성적이 오르지 않는다고 생각해서 비싼 사교육에 매달리는 것이지요. 일상생활에서는 무척 지혜롭고 현명한 사람들이 어찌하여 학습법에 대해서는 이다지도 어리석을까요? 같은 선생님에게 배운 아이들이 제각각 다른 성적을 낸다는 사실을, 공부는 선생이 시켜 줄 수 있는 게 아니라는 사실을 왜 모를까요?

좋은 선생님은 학교에 있고 도서관에 있습니다. 학교 선생님에게 가르침을 받고 책을 통해 지식을 쌓는 것보다 더 좋은 방법은 없습니다. 명문 대학에 우수한 성적으로 입학한 학생은 비싼 돈 들여서 사교육을 받았기 때문이 아니라 학교 선생님의 가르침을 충실하게 받고 책을 스승 삼아 스스로 열심히 노력했기 때문임을 알아야 합니다. 스스로 고민하는 시간을 충분히 가졌기 때문에, 많이 고민하고 반복해서 익혔기 때문에 실력을 향상시킬 수 있었던 것입니다. 실력 향상의 열쇠를 쥐고 있는 사람은 선생이 아니라 학생입니다. 학생이 능동적으로 생각하고 적극적으로 고민해야 합니다. 선생이 아무리 잘 가르친다 하더라도 그것이 학생의 실력으로 연결되지 않는 이유는 바로 학습의 주체가 선생이 아니고 학생이기 때문입니다.

가난 때문에 공부 못할 수 있습니다. 사회경제적 배경이 아이의 성적과 관련이 없다고 말하기 어렵습니다. 하지만 그 이유와 원인이 사교육을 받지 못했기 때문은 아닙니다. 환경적 어려움으로 인한 좌절, 부모와의 갈등, 가정불화와 가정해체에 따른 정서적 충격 등 다른 많은 요인들을 살펴보아야 합니다.

불과 100년 전까지만 해도 개천에서 용 나오는 것은 거의 불가능했고 3, 40년 전까지도 쉽지 않은 일이었지만, 지금은 능력 있고 의지만 있다면 누구라도 대학에 진학할 수 있습니다. 아직 부족한 부분이 있지만 과거에 비해 복지제도가 굉장히 좋아졌고, 과거에 비해선 사회가 많이 정의로워지고 깨끗해졌습니다. 개천에서 용 나는 것이 절대 불가능하지 않습니다.

우리를 슬프게 하는 일들이 많지만 세상이 그런대로 살 만하다고 생각되는 것은, 누구에게나 기회가 주어지는 사회, 개천에서 용이 더 많이 나올 수 있는 시대를 살고 있기 때문입니다. 부모의 학력이나 경제적 능력이나 정보력이 학생의 실력과 성적을 좌우한다는 말, 가난한 집 아이는 원하는 대학 진학이 불가능하다는 말에 흔들릴 필요가 없는 것입니다.

••• '인 서울'이라는 슬픈 이야기

고 3 진학실에는 전국 대학교에서 보내는 입학 안내 홍보물이 수시로 배달됩니다. 뿐만 아니라 대학 관계자들이 직접 방문하여 학교를 홍보하고 우수한 학생을 보내 달라고 부탁하곤 합니다. 입시설명회도 여기저기서 시시때때로 열려 아이들의 고민을 크게 만듭니다. 학생과 학부모들은 성적이 좋아야 원하는 대학에 합격할 수 있다는 사실을 모르지 않으면서도 지푸라기라도 잡는 마음으로, 또 좋은 정보가 있어야 명문대 입학이 가능하다는 유혹을 떨치지 못하여 이곳저곳 기웃거리면서 저울질하기 바쁩니다.

고 3 학생과 학부모와 교사들은 숫자 놀음에 머리가 아프니다. 컴퓨터 속의 엄청난 자료들, 입시 전문기관에서 제공한 두꺼운 책자들, 장판지라 불리는 신문지 크기의 종이에 적힌 깨알 같은 글씨를 심각한 표정으로 뚫어져라 쳐다보고 또 쳐다보면서 고민하고 또 고민하면서 없는 보물을 찾겠노라 몸부림칩니다. 사설 업체에 수십만 원을 지불하고 컨설팅을 받기도 합니다.

많은 학생과 학부모들의 목표는 '인in 서울'입니다. 합격할 수만 있다면 인 서울은 지극히 당연한 선택이라고 생각합니다. 인 서울 앞에서 등록금이나 생활비 걱정은 뒷전입니다. 서울에 있는 대학을 나와야 취업이 잘되고 승진도 잘된다고 믿는 학생과 학부모가 99퍼센트입니다.

정말 그럴까요? 서울에 있는 대학을 나와야만 성공하고 지방대학을 나오면 성공할 수 없는 것일까요? 확실하지 않은 추측과 소문이 진실로 둔갑한 것은 아닐까요? 남들이 모두 그렇다고 이야기하니까 그렇게 생각하고 있는 것은 아닐까요? 차근차근 냉정하게 따져 보지 않고 부화뇌동하고 있는 것은 아닌가요?

먼저 우리 사회에서 성공의 징표로 여겨지는 고시 합격의 경우를 보면, 고시 합격자를 가장 많이 배출하는 학교는 서울대입니다. 하지만 이것은 서울대 교수님들에게 배워서가 아니라 고시에 합격할 능력이 있는 공부 잘하는 학생들이 서울대에 가장 많이 입학했기 때문입니다. 고시에 합격한 서울대 출신 사람이 서울대가 아니라 지방대에서 공부하였더라도 같은 힘을 쏟아 공부하고 준비했다면 고시에 합격했을 것이라는 이야기입니다.

몇 년 전 모 기업이 대학별 신입사원 추천 할당 인원을 제시했다가 여론의 뭇매를 맞고 철회한 일이 있습니다. 그 기업이 제시한 기준을 보면 서울대 110명, 연세대와 고려대 각 100명, 그리고 지방 국립대는 학교에 따라 100명, 90명, 40명, 30명 선이었습니다. 저는 이 자료를 보고 굳이 인 서울을 고집할 필요가 없는 이유를 확인하였습니다. 오늘의 대학 입시 환경에서 소위 'SKY대'에 입학해 100등 하는 것이 쉬울까요 아니면 지방 국립대에서 40등 하는 것이 쉬울까요? 기업 입사 자체가 인생의 목표가 될 수는 없겠지만, 요즘처럼 청년 실업이 심각한 시대에 기업 입사 자체만 생각한다면 지방 국립대에 진학하는 것이 더 현명한 선택일 수 있다는 말입니다.

학생들이 선호하는 직업인 교사의 경우도 살펴봅시다. 이른바 명문대 사범대학 졸업생의 임용고시 합격률이 지방대 졸업생의 합격률보다 약간 높긴 합니다. 하지만 이 또한 명문대를 졸업했기 때문이 아니라 그 학교 학생들이 원래 시험 치는 능력이 뛰어났기 때문이라고 보아야 할 것입니다. 국어교육과의 예를 들어

보지요. 명문대 국어교육과 입학 커트라인과 지방대 입학 커트라인은 크게 차이가 납니다. 냉정하게 말해 지방대 국어교육과 학생 중 서울 명문대에 합격할 수 있는 학생은 없거나 있어도 서너 명일 것입니다. 그런데 대학 졸업 후에 치르는 임용고시 결과는 입학 성적과 상당한 차이가 있습니다. 지방대 졸업생과 명문대 졸업생의 합격률에 큰 차이가 없는 것입니다. 고시에 응시하겠다며 인 서울을 외치고, 중등학교 교사를 목표로 인 서울을 고집하고, 초등 교사가 꿈이라면서 서울교대만을 목표로 삼는 것은 어리석은 일이라는 말입니다.

물론 충분한 성적과 합리적인 목표, 경제적 여유가 있어서 서울로 유학을 간다면 문제될 것이 없겠지요. 그러나 서울에서 유학하느라 경제적·정신적으로 고통받을 수밖에 없는 상황이라면 좀 달리 생각해 보아야 하지 않을까요? 인 서울을 위해 경제적으로 큰 부담을 감수하고 하고 싶은 일들을 모두 포기한 채 공부의 노예가 되어 생활한다면 억울할 수 있다는 이야기입니다.

고시에 합격한 이후에, 혹은 회사에 입사한 뒤 승진을 해야 하는데 그때 학벌이 중요하다고, 대학 선배의 도움을 받는 사람이 여러모로 유리하다고도 말합니다. 슬프지만 그런 현실을 부정할 수는 없습니다. 하지만 지금까지는 그러했는지 몰라도 앞으로는 달라질 것입니다. 앞으로는 학벌이 중요하지 않은 사회, 학연의 도움을 받을 가능성이 사라지는 사회, 실력으로 승부하는 사회로 바뀔 것입니다. 물론 우리 모두가 그런 사회를 만들어가는 일에 힘을 보태야 하겠지요.

학연 중시 풍토 때문에 명문대를 꼭 가야 한다고 주장하는 사람에게는 실력이 아니라 학연을 성공의 발판으로 삼으려는 생각을 부끄러워해야 한다고 말해 주고 싶습니다. 학연의 도움으로 성공을 일군 사람은 극소수일 뿐이며 그런 사람들은 떳떳하지 못하여 기 죽어 살았을 것이라고, 잘못된 일임을 알면서 거기에 편승했다면 그리 행복하거나 자랑스럽지 않았을 것이라고 말입니다.

자세히 들여다보면 행정·외교·정치·경제·사회·문화·언론·예술 등 모든 분야에서 능력이 학벌보다 중요하다는 사실을 확인할 수 있습니다. 반드시 서울의 명문대를 졸업해야만 가능한 일은 단 한 가지도 없습니다. 명문대나 인 서울 자체를 목표로 삼을 필요가 없는 것이지요.

'헛똑똑이'라는 말이 있습니다. 스스로는 현명하다고 생각하지만 알고 보면 어리석은 사람, 정작 알아야 할 것은 모르거나 선택의 상황에서 제대로 판단하지 못하는 사람을 일컫는 말입니다. 무조건 인 서울을 외치는 사람들이 바로 헛똑똑이가 아닌가 싶습니다.

서울의 명문대를 나오고도 별 볼 일 없이 손가락질 받으며 사는 사람이 있고, 지방대를 졸업하고도 행복하게 사는 사람이 있습니다. 명문대를 졸업하지 않았지만, 아니 대학 문턱조차 밟아 보지 못했지만 훌륭한 사람도 많습니다. 존경받는 사람, 아름다운 사람 중에 명문대 나오지 않는 사람이 더 많습니다.

인 서울에 목을 매는 학생과 학부모님들께 지역 거점 국립대학교면 충분하다고 이야기하고 싶습니다. 지방대에서 공부하더라도 열심히 노력하면 뜻을 이룰 수 있고 행복한 삶을 누릴 수 있다고 확신하기 때문입니다. 지방대에서 공부한 친구, 선후배, 제자들이 각자의 자리에서 열심히 일하면서 행복하게 살아가는 모습을 많이 보았습니니다. 지방대 출신이라는 이유로 기회를 얻지 못했다고 말하는 것은 자기변명일 뿐입니다.

'인 서울'이 우리 사회를 좀먹어 가고 있습니다. 전국의 대다수 젊은이들이 그렇지 않아도 포화 상태인 서울로 진학하겠다며 너나없이 인 서울을 외치는 안타까운 현실을 팔짱끼고 바라만 봐야 할까요? 인 서울이 목표라는 말에 고개를 끄덕여야 할까요? 국가에서 엄청난 예산을 들여 혁신도시를 만들고 지방으로 공공기관을 이전하면서 인 서울을 어쩔 수 없는 일이라고 손 놓고 있는 것은 대단히 큰 잘못입니다. 인구 분산과 국토 균형 발전을 위해 어마어마한 예산을 투입해 놓고서 인 서울을 방관만 하고 있는 것은 사회적·국가적으로 엄청난 낭비입니다.

정부가 나서야 합니다. 등록금 차별화든, 지방대 우대 정책이든 가능한 방법을 동원하여 잘못된 상황을 바로잡아야 합니다. 자기 지역 학생에게는 등록금을 적게 받고 다른 지역 출신 학생에게는 등록금을 많이 받는 등의 다양한 정책 수단을 동원하여 학생들이 자기 지역 대학에 입학하도록 유도해야 합니다.

기업도 인 서울을 부르짖는 오늘의 안타까운 상황을 고쳐 나가는 데 동참해야 합니다. 신입사원 채용에서 지방대 출신에게 인센티브를 주라는 것이 아니라, 채용과 승진에 학벌을 고려하지 말라는 말입니다. 반갑게도 얼마 전부터 공기업들이 학력, 출신, 지역, 가족 관계 등을 입사 지원서에 적지 않는 '블라인드 채용'을 하고 있고, 이 같은 분위기가 일반 기업들로도 확산될 것으로 기대됩니다. 학벌이 아니라 실력과 인성을 공정하게 평가하여 지방대 학생들이 오로지 학벌 때문에 불이익을 받는 일이 없도록 하는 것은 지극히 바람직한 일이자 우리 사회가 가야 할 길입니다. 채용뿐 아니라 승진도 투명하게 공개하여 지방대가 불리하다는 편견을 없애 주어야 합니다.

　수험생과 학부모의 인식도 변화해야 합니다. 서울 명문대가 아니어도 실력 있고 성실하면 자신의 뜻을 펼칠 수 있고 행복할 수 있다는 것, 내일의 행복도 중요하지만 오늘의 행복도 중요하다는 사실을 알아야 합니다. 내일을 위해 오늘을 희생시키는 것은 어리석은 일이며, 가족과 헤어져 생활하느라 지불하지 않아도 되는 주거비를 들이는 것 역시 어리석은 일이라는 사실도 깨달았으면 합니다.

　공부도 학생 하기 나름입니다. 성공과 행복 역시 대학 이름이 아니라 자신의 노력에 달려 있습니다. 서울에 있는 대학에 입학하면 성공과 행복이 보장될 것이라는 막연한 믿음을 좇느라 소중한 오늘을 포기하지 않았으면 좋겠습니다.

●●● 대학 입시가 중요한 게 아닌데

모 대학교 정문에 "○○학과 ○○학번 ○○○ 육군 준장 진급"이라는 현수막이 걸려 있었습니다. 장군의 자리에 오르는 것이 얼마나 어려운 일인지 알기에 진심으로 그분의 성공에 박수를 보내 주었지요. 잘 모르지만 아마도 그분은 육군사관학교에 갈 실력이 있었는데도, 명문대에 진학할 수 있었는데도 지방 사립대학에 입학하지는 않았을 것입니다. 대학 입학 이후에 노력하여 그 자리에 올랐을 것입니다.

고등학교 성적이 인생을 결정한다는 말을 많이 들어 보았을 것입니다. 대학 간판이 삶을 결정짓는다는 말인데, 이는 세상을 몰라도 한참 모르는 이야기입니다. 명문대를 졸업한 사람들이 성공할 확률이 높다는 사실을 부정하는 것이 아니라, 고등학교 졸업 이후에 노력해도 충분히 성공할 수 있고 행복할 수 있기 때문입니다. 명문대에 입학하지 못했다는 이유로 기 죽을 필요 없고 대학 입학 이후에 노력해도 결코 늦지 않습니다.

이 땅의 중·고등학생들, 아니 초등학생들까지도 대학 입시를 향해 정신없이 달리는 모습이 안쓰럽고 대학 입시에 목을 매는 우리 교육이 안타깝습니다. 대학 입시를 위해 다른 모든 것을 포기해야 하는 우리의 현실이 슬프고, 교육청까지 나서서 교육이 아니라 대학 입시에 에너지를 쏟는 현실이 가슴 아픕니다. 대학 입시가 인생을 결정짓는 것이 아닌데 왜 대학이 인생의 성패를 결정한다고 생각하여 대학 입시에 모든 것을 거는지 이해되지 않습니다.

어느 중·고등학교에든 서울의 명문대를 졸업한 선생님이 있고 지방대를 나온 선생님도 있지만 대부분의 학생들은 선생님들의 출신 대학을 알지 못하며, 설령 안다 하더라도 대학교와 선생님의 능력을 연결시키지 않습니다. 저 역시 동료 교사들을 보면서 출신 대학과 '좋은 선생님' 사이에 아무런 상관관계가 없음을 확인하곤 합니다. 어디 선생님뿐인가요? 국가고시 수석 합격자가 지방대에서 나오고, 명문대 출신 약사가 운영하는 약국보다 지방대 출신 약사가 운영하는 약국이 손님이 더 많고 좋다는 평판을 받기도 합니다. 지방대 졸업생이 장관도 하며 국회의원도 합니다. 대학 입시에 에너지를 몽땅 쏟기보다 대학 입시에 적당한 에너지를 쏟고 대학에 가서 공부에 매진해도 충분한 것입니다.

물론 공부와 행복이 어느 정도 비례하며, 공부를 잘하면 행복할 가능성이 좀 더 많다는 사실을 부정하지 않습니다. 너나없이 자녀 교육에 목을 매는 것에는 이유가 있고, 명문대에 입학하는 것이 절대 나쁠 리 없으며, 할 수만 있다면 초등학교 때부터 중학교·고등학교 내내 계속 공부를 잘하면 좋겠지요. 그럼에도 저는 명문대 입학이 성공과 행복을 보장해 주지는 않는다는 사실을 강조하고 싶습니다. 과학고, 외국어고, 자사고에 입학했지만 중간에 그만두거나 원하는 대학에 진학하지 못한 아이들도 적지 않고, 명문대에 입학했지만 초라한 대학 생활을 하다가 원하는 일을 하지 못하게 된 사람들이 많다는 사실도 이야기하고 싶습니다.

아이들에게 명문대 입학으로 인생이 결정된다거나, 대학에 입학할 때까지만 공부하면 된다는 말은 하지 말아야 합니다. 사실이 아니기 때문이고, 100미터 달리기라고 말해 놓고 100미터 지점에 도달하니 사실은 400미터 달리기였으니 계속 뛰어야 한다고 이야기하면 안 되기 때문입니다.

고등학교 성적은 하위권이었지만 대학 진학 후 열심히 노력하여 행복하게 생활하고 있는 제자들이 많습니다. 얼마 전 고3 때 담임을 맡았던 제자가 찾아왔는데 모 은행에 근무하고 있다고 하였습니다. 그 제자는 고등학교 입학할 때 330명 중 303등이었고, 중학교 때는 물론 고등학교에 들어와서도 2학년까지는 공부는 밀쳐 놓고 신나게 놀기만 했다고 하였습니다. 고3이 되면서 나름 열심히 공부했지만 국립대학교 진학에 실패하여 지방 사립대학에 들어갔는데, 입학 후 열심히 공부하여 장학금 받으며 학교를 다녔고 ROTC 장교로 전역한 후 은행원이 되었다고 했습니다. 실제로 이 제자뿐 아니라 고3 때 철들어 꿈을 이룬 아이들도 많고 대학에 입학한 후에, 늦게는 군대 갔다 와서, 더 늦게는 대학을 졸업한 뒤에 하고 싶었던 공부를 다시 시작하여 꿈을 이룬 사람도 적지 않습니다.

고등학교 성적은 좋으나 대학 성적은 보잘것없는 명문대 졸업생 갑甲이 있고, 고등학교 성적은 형편없으나 대학 성적은 좋은 지방대 졸업생 을乙이 있다면 두 사람 중 어떤 사람이 더 나은 평가를 받을까요? 당연히 을乙일 것입니다. 성적은 성실성을 평가하는 지표이고, 과거보다는 현재가 더 중요하기 때문입니다.

대학생이 되어서도 공부하지 않으면 어떻게 하느냐고요? 괜찮습니다. 어차피 우리의 목표는 행복이고, 행복은 성적순이 아니니까요. 공부는 못했지만 성공하여 행복하게 사는 사람들이 적지 않으니까요. 공부가 좋고 재미있어서 한다면 좋은 일이고 굳이 말릴 이유가 없지만, 공부가 재미없고 잘하기 어렵다면 굳이 공부하라고 강요할 필요 없는 것 아닌가요?

모두 프로축구 선수가 될 수 없고 누구나 가수가 될 수 없는 것처럼, 모든 학생이 공부 잘해서 학자가 되고 판검사가 되고 고급 공무원이 될 수는 없습니다. 그리고 사실 판검사나 변호사가 좋은 직업은 아니잖아요? 사회정의와 질서 유지를 위해 누군가는 해야 하는 일이지만 개인적으로는 힘들고 괴로운 일 아닌가요? 의사 역시 우리 사회에 필요한 직업이고 누군가는 반드시 해야 하는 일이지만 항상 긴장해야 하고 주말과 밤에도 일해야 하는 힘든 직업 아닌가요? 논밭이나 공장에서 땀 흘리는 노동을 좋아하고 그 일을 함으로써 행복을 느끼는 사람들도 많습니다. 모든 학생이 공부를 잘할 필요가 없다는 이야기지요. 게다가 공부는 부모가 욕심낸다고 잘할 수 있는 것도 아닙니다.

중·고등학생 자녀를 공부 못한다는 이유로 구박하거나 포기하지 않으면 좋겠습니다. 세상은 민주화되었고 평등을 지향하고 있으며 직업의 귀천 의식도 사라졌습니다. 자녀가 하고 싶은 일을 할 수 있도록 기회를 주고 도와주어야 합니다. 대학 입시를 위해 에너지를 몽땅 쏟아붓지 말고 삶에서 중요한 것들을 포기하지 않았으면 좋겠습니다. 고등학교에서도 열심히 공부하고 대학에서도 열심히 공부한다면 좋겠지만, 하나만 택한다면 대학에서의 공부가 훨씬 중요하기 때문입니다.

대학 입시가 인생을 좌우한다는 말은 엉터리입니다. 42.195킬로미터의 마라톤 경기에서 5킬로미터 지점에 가장 먼저 도착한 선수가 1등을 하는 것은 아닙니다. 물론 5킬로미터 지점에서 예측해 볼 수 있고 5킬로미터 지점에서 1등을 하면 최종 지점에서도 좋은 성적을 낼 가능성이 높지만 반드시 그런 것은 아니니까요. 전반전 끝났을 때의 점수보다 후반전을 마친 뒤 최종 점수가 중요하듯, 어느 대학에 들어갔느냐가 아니라 대학에서 얼마만큼의 실력을 쌓았는지가 중요하고 사회와 가정에서 얼마만큼 성실하고 지혜롭게 사느냐가 훨씬 중요합니다.

그래도, 부모

개그 프로그램을 보면서도 좀처럼 웃지 않는 제가 운전 중에 뉴스를 들으면서 소리 내어 크게 웃은 적이 있습니다. 서울 강남에 특목고 대비 유치원이 등장했다는 뉴스 때문이었습니다. 5~7세 어린 아이들에게 영어·수학 논술을 가르치고, 그것도 시험 문제 풀이 위주로 수업을 진행하며, 학원비가 200만 원이 넘는다고 하였습니다.

유치원 꼬맹이들이 무엇을 얼마나 배울 수 있을까요? 물론 배우는 것이야 있겠지요. 배워도 안 배워도 그만인 것을 조금이야 배우겠지요. 그런데 잃는 것은 없을까요? 얻는 것만 생각하고 잃는 것은 생각하지 않는 것은 어리석은 일 아닌가요? 중학생이 되어 배워도 충분한 영어를 조금 일찍 배운다고 얼마나 큰 이익이 있을까요? 영어 때문에 정작 중요한 것들은 팽개쳐 버리는, 그야말로 소탐대실小貪大失 아닌가요?

언어는 어렸을 때 배워야 효과가 있다면서 영어 조기교육의 필요성을 목놓아 외치는 사람들이 많고, 이 말에 많은 학부모님들이 고개를 끄덕입니다. 절대 동의할 수 없는 주장입니다. 효과도 미미하지만 설령 효과가 있다 하더라도 어린 나이에 외국어를 배우는 것은 옳지 않습니다. 초등학생 시절에 익힌 영어 실력, 중학생 때에는 3,4개월이면 익힐 수 있기 때문입니다. 영어 실력 조금 키우겠다고 정작 중요한 사고력, 추리상상력, 신나게 노는 행복, 인간으로 지녀야 할 감성 등을 키울 수 없는 것은 큰 손해이기 때문입니다. 학업 스트레스로 인해 올바른 성장이 이루어지지 못하고 공부에 대한 거부감이 생길 수도 있기 때문입니다.

유치원 때부터 학원에 다니면서 열심히 영어를 공부한 학생들의 영어 실력이 영어를 배우지 않은 아이들보다 당장은 앞설 수 있지만 그 실력이 대학 입시까지 이어진다는 보장은 없습니다. 진짜 현명한 사람이라면 득得뿐만 아니라 실失도 함께 따져야 한다는 말이지요. 1천 원 싸게 구입한 것만 따질 것이 아니라 교통비 2천 원 지불한 것과 시간 낭비를 고려해야 하듯, 얻음뿐 아니라 잃음도 생각해 보아야 합니다. 영어 조기교육은 득보다 실이 훨씬 많은 바보짓입니다.

중학교 입학 후에 알파벳을 배운 사람들이 영어를 유창하게 구사하고 영어 교사는 물론 영어 교수님도 하고 외교관 역할도 훌륭히 수행하고 있습니다. 박지성, 박세리, 박찬호, 손흥민 등 운동선수들도 학창 시절에는 운동만 하다가 스무 살 넘어 본격적으로 영어 공부를 했을 터인데 유창하게 영어를 구사합니다. 나이 들어 배워도 결코 늦지 않다는 이야기입니다.

공부는 어렸을 때보다 이치를 어느 정도 깨달을 만큼 성숙한 뒤에 하는 것이 투자 대비 소득이 높습니다. 대략 열다섯 살은 되어야겠지요. 공자는 열다섯 살의 나이를 '지학志學'이라 했습니다. 공자도 열다섯 살에 학문에 뜻을 두었는데 보통 사람들이 어떻게 열다섯 살 이전에 공부에 뜻을 둘 수 있을까요. 책을 많이 읽는 일도 중요하고 신나게 노는 일도 중요한데 그까짓 영어 조금 빨리 배우겠다고 어린 시절의 행복을 팽개쳐 버리는 것은 안타까운 일이 아닐 수 없습니다.

초등학생 때에는 물론 중학생 때에도 놀아야 합니다. 노는 것은 권리이고 노는 것이 성장하는 것입니다. 전혀 배우지 말라는 이야기가 아니라 어렸을 때에는 적당히 배우고 많이 놀아야 한다는 이야기입니다. 그런데 유치원 때부터 공부를 강요받다니요! 심하게 이야기하면 아동 학대 아닌가요?

물론 본인이 하고 싶어서, 재미있어서 공부한다면 문제될 것이 없겠지만 강요에 의한 조기교육은 얻는 것보다 잃는 것이 훨씬 많습니다. 억지로 하는 공부는 공부가 재미없는 일이라는 인식을 심어 줄 수 있고, 처삼촌 벌초 하듯 대충대충할 가능성이 높으며, 빨리 끝내야 한다는 욕심으로 생각 없는 헛공부가 될 수 있습니다. 운동할 때도 육체노동을 할 때에도 생각을 하면서 해야 하는데 하물며 공부할 때 생각하지 않는다는 것은 얼마나 안타까운 일입니까? 생각하지 않음이 습관이 되면 재앙에 가까운 결과를 가져올 수 있음을 알아야 합니다.

많은 사람들이 초등학교 입학 전에 당연히 한글을 가르쳐야 하는 것으로 생각하는데 이것도 잘못입니다. 생각하는 힘을 빼앗을 수 있기 때문이지요. 캥거루 사진 밑에 '캥거루'가 쓰여 있는 책을 펼쳐 놓고 '캥거루'를 찾아보라고 하는 것은 답이 표시된 문제를 풀어 보라는 것과 같습니다. 캥거루의 생김새와 특징 등을 살펴보고 여우나 토끼나 낙타 등의 동물과 어떻게 다른지를 비교하면서 생각해 보는 것이 필요한데, 글자를 알기 때문에 고민할 이유가 없어지는 것이지요. 이는 생각하는 훈련을 방해하여 사고력 저하로 이어질 수 있습니다.

또 다른 이유는 호기심 상실입니다. 미리 배워서 학교에서 선생님이 가르치는 내용을 이미 알고 있다면 수업에 집중할 이유를 찾지 못할 것이고 그것이 습관이 되어 버리면 중학교·고등학교에 진학해서도 수업에 집중하기 어려워집니다. 욕심이 기대와 다른 결과를 가져올 수 있는 것이지요.

공부는 때가 있다고 합니다. 그때가 언제쯤일까요? 저는 초등학교 때는 분명 아니라고 생각합니다. 중학교 1,2학년 때도 아니고 빨라야 중 3 때입니다. 이때부터의 공부가 노력 대비 실력 향상이 가장 큰 시기입니다. 나이를 먹은 만큼 이해력이 높아지기 때문이기도 하지만, 더 중요한 이유는 그 나이가 되어야 철이 들기 때문입니다. 이치를 알고 공부하니 이해가 빠르고 철이 들어 열심히 하니 공부 효과도 가장 크게 나타납니다. 초등학교·중학교 때 억지로 공부시켜 공부에 거부감만 갖게 만들지 말고 마음껏 놀면서 에너지를 축적한 다음 고등학교 때부터 열심히 하도록 해야 합니다.

전주에 문맹률 1위를 자랑하는 유치원이 있습니다. 이 유치원의 원장님은 아이들에게 글자나 숫자 가르치는 것을 반대하고 오로지 뛰고 구르고 달리도록만 합니다. 놀 시간도 부족한데 무슨 공부냐면서 어렸을 때 잘 논 아이가 어른이 되어 일도 열심히 할 수 있다고 확신에 차 말씀하십니다. 아이들을 논농사·밭농사에 참여시키고 비가 와도 야외 활동을 강행합니다. 아이들끼리 갈등이 있어도 가능하면 스스로 해결하도록 하고, 놀다가 넘어지고 다치는 것을 예방 주사로 생각하며, 위험하지 않으면 놀이터가 아니라고 이야기합니다. 마음껏 뛰어놀면서 행복한 어린 시절을 보낸 아이가 어른이 되어서도 행복할 수 있고 그 사람이 행복한 세상을 만들어 간다고, 어린 시절을 순수하고 행복한 기억으로 채우면 그 기억이 훗날 어려움을 이기는 힘의 원천이 된다고 하면서, 어린 아이는 잘 먹고 잘 놀고 잘 자야 한다고 강조합니다. 이 유치원 출신 아이들을 학교에서 많이 만났는데 대부분 행복하게 고등학교 생활을 하였고 학업 성취도도 상당히 좋았습니다.

한 농부가 씨앗을 뿌려 싹이 돋아나자 빨리 자라게 할 욕심으로 밭에 나가 그 싹들을 하나하나 뽑아 올려놓고 집에 돌아와서는 싹이 잘 자라도록 뽑아 올려 주었다고 자랑했습니다. 그 말을 들은 아들이 밭에 가 보니 싹이 모두 말라 죽어 있었지요. 싹을 빨리 자라게 하려고 했던 농부의 욕심이 식물을 말라 죽게 만든 것입니다. 이를 '뽑을 알揠' '싹 묘苗' '도울 조助' '길 장長'을 써서 알묘조장揠苗助長이라 합니다. 지나친 욕심으로 일을 망치는 것을 경계하는 이 이야기가 특목고 대비 유치원까지 생긴 우리 현실에서 매우 아프게 다가옵니다.

많이 배워야만 많이 알 수 있다는, 비싼 돈 들여서 원어민 강사에게 배워야만 영어를 잘하게 된다는, 어릴 때부터 배워야만 성공할 수 있다는, 대입 준비는 빠를수록 좋다는 이야기에 쓴웃음이 납니다. 안타까운 대한민국의 교육, 정말 '이건 아니잖아'를 외치고 싶습니다.

●●●　영수에 올인하지 마세요

　　　　　　　　　　　　세상을 어느 정도 산 사람들
에게 지금까지 삶에서 가장 후회스러운 것이 무엇인지 물으면,
대부분 학창 시절에 공부를 열심히 하지 않았던 것을 이야기합
니다. 저 또한 예외가 아니어서 시간이 흐를수록 학창 시절에 공
부하지 않고 헛되이 흘려 버린 시간이 후회스럽고 안타깝습니
다. 그런데 그 후회는 영어 · 수학을 열심히 공부하지 않은 것
에 대한 후회가 아니라 열심히 독서하지 않은 것에 대한 후회입
니다. 젊은날에 책을 좀 더 많이 읽었더라면, 인문학 도서는 말
할 것도 없고 소설 · 시 · 수필 · 역사서 등을 좀 더 많이 읽었다
면 좀 더 현명하게 살지 않았을까…. 옹졸하거나 비겁하게 살지

않고 좀 더 나은 선생이 되고 좀 더 괜찮은 아버지가 되었을 텐데…. 지금 읽고 있는 책을 그때 읽었더라면 이제야 깨닫게 된 것을 그때 깨달았을 것이고 그랬다면 삶을 더 풍요롭게, 조금 덜 부끄럽고 행복하게 영위했을 것이라는 생각에서 오는 안타까움입니다.

중·고등학생 시절 책상 앞에 앉아 있던 그 짧은 시간조차 왜 영어, 수학에만 매달렸을까? 대학 시절 남들이 한다는 이유로 아무 생각 없이 영어 공부에 시간을 투자했을까? 그 소중한 시절에 그 많은 시간에 좀 더 많은 책을 읽지 못하고 영어·수학 문제 풀이에만 젊음을 바쳤을까? 그 영어·수학 공부가 내 인생에 어떤 영향을 끼쳤을까? 인생의 가장 큰 후회는 독서를 소홀히 한 것입니다.

물론 오늘 교단에 설 수 있고 제자들을 보면서 행복을 느낄 수 있는 바탕에 영어·수학 공부가 있음을 잘 알고 있습니다. 영어와 수학을 공부하지 않았다면 어떻게 대학에 들어갔을 것이며, 대학에 들어가지 않았다면 어떻게 교사가 되었겠습니까? 그런데 입시가 영어·수학 중심이 아니라면 이야기가 좀 달라지지 않을까요?

왜 모든 학생이 영어·수학을 열심히 해야 하는지 이제야 의문을 품어 봅니다. 영어·수학이 우리 사회를 아름다운 사회로 바꾸지 못하고 있다는 뼈저린 현실 인식 때문입니다. 영어·수학 실력이 필요한 사람은 대학에서 열심히 하도록 하고 초·중·고 시절에는 시민으로서 필요한 교양과 상식 공부에 힘을 쏟으며 독서를 많이 하도록 교육한다면, 많은 아이들이 대학 입시의 고통에서 해방될 수 있고 우리 삶 전체의 행복 덩어리가 더 커질 것이라는 생각을 해 봅니다.

대학 입시를 목표로 하는 고등학생들에게 가장 중요한 공부는 영어와 수학, 그중에서도 수학입니다. 대부분의 고등학교 이과생들은 수학 공부에 공부 시간의 70퍼센트 이상을 투자하고 문과생 대부분도 60퍼센트 이상을 투자하고 있습니다. 90퍼센트 이상을 투자하는 아이들도 있습니다. 공부해야 할 양 자체가 많고 어려우며 수학이 대학 입시를 결정한다고 생각하기 때문이지요.

대한민국 학생들에게 수학은 블랙홀입니다. 엄청난 '수포자'(수학 포기자)들도 문제이지만, 수포자가 아닌 고등학생 대부분이 공부 시간의 70퍼센트 정도를 수학 공부에 바치고 있는 것이 더 큰 문제입니다. 고등학교 1학년 중 수포자는 10퍼센트 정도에 불과하지만 학년이 올라갈수록 이 비율은 증가합니다. 많은 아이들이 2학년 때까지 수학에 매달리다가 마지막에 결국 포기하는 것입니다. 어떻게든 해 보려고 노력하다가, 어마어마한 시간과 돈을 투자한 후에 포기해 버립니다. 이 슬픔과 좌절을 아이들에게 꼭 주어야 하는지 묻지 않을 수 없습니다.

사고력 신장을 위해 수학 교육이 중요하다고 이야기합니다. 맞습니다. 수학의 중요성을 어떻게 부정할 수 있겠습니까. 수학은 어떤 현상 속에 존재하는 체계와 규칙성을 찾아내고 만들어 내는 학문이고, 사고력·논리력·추리상상력을 길러 주며 원천 기술을 개발하거나 합리적이고 효율적인 정치·경제·사회 시스템을 구축하는 데에도 매우 유용하고 중요하고 필요한 공부입니다.

하지만 그렇다고 해도 지금처럼 '대다수' 학생들이 '수학만'을 공부하는 것은 사회적으로나 개인적으로나 잘못된 일 아닐까요? 오직 수학만이 학생들의 사고력을 신장시키는 데 필요한 학문일까요? 독서를 비롯한 다른 과목의 공부로는 사고력 신장이 불가능한 것일까요? 수학을 공부하는 것이 잘못이라는 말이 아니라 수학을 공부하느라 다른 공부를 하지 못하는 것이 문제라는 이야기입니다.

미래를 걱정하는 많은 사람들이 독서 교육의 중요성을 이야기

··· 영수에 올인하지 마세요

하지만 대다수 중·고등학생들은 독서를 하지 못하고 있습니다. 입시 위주 교육, 특히 수학 공부 때문입니다. 수학 공부에 시간과 에너지를 너무 많이 쏟아 붓고 있기 때문에 독서할 시간과 여유가 없는 것이지요. 국어·사회·과학 등 다른 과목을 공부할 시간이 없고 음악·미술·체육도 즐기지 못합니다. 신체적·정신적 성숙이 빠른 시기, 배우고 익히고 키워야 할 것이 많은 시기, 어떻게 살아야 할 것인지를 고민해야 할 시기에 아이들은 영어·수학 공부에만 매달리고 있습니다.

더 이상 수학 중심의 교육을 방치해서는 안 됩니다. 수학 시험 시간에 절반 이상의 학생이 시험을 포기하고 엎드려 자는 현실을 외면해서는 안 됩니다. 수학 학습 범위를 줄이고 수준도 낮추어 아이들을 수학의 고통에서 해방시켜야 합니다. 수포자를 만들지 않는 것만큼이나 수포자들의 마음을 들여다보고 그들의 마음을 헤아리는 것도 중요합니다.

수학이 너무 어렵고 힘들다고 하는 아이는 수학을 포기하도록 하는 것도 현명한 선택입니다. 수학에 쏟는 에너지를 다른 곳에 쏟아 더 좋은 결과를 낼 수도 있기 때문입니다. 수학을 포기해도 대학에 갈 수 있고, 수학을 못해도 다른 무엇을 잘하면 멋지게 살 수 있습니다. 한 골을 넣고도 기뻐할 수 있는 경기가 있고, 세 골을 넣고도 울어야 하는 경기도 있습니다. 1대 0으로 이길 수도 있지만 3대 4로 패배할 수도 있다는 이야기입니다. 오직 수학에만 매달리는 것은 어리석은 결과로 이어질 수 있음을 알아야 합니다.

영어도 마찬가지입니다. 영어의 중요성은 말할 필요가 없겠지요. 요즘 같은 세계화 시대에 누가 감히 영어를 중요하지 않다고 이야기할 수 있겠습니까. 그런데 정말 영어만 잘하면 만사형통일까요? 아무리 생각해 보아도 아닙니다.

영어를 학문으로 공부하는 사람, 영문학을 전공하는 사람 외에는 영어는 도구일 뿐 목적이 아닙니다. 전문적인 지식과 기술을 갖춘 뒤 영어가 덧붙여져야 쓸모 있는 것이지 다른 지식 없이 영어 구사 능력만 뛰어난 것은 큰 의미가 없습니다. 중요한 것은 전문 지식, 지혜, 사고력, 창의력이지 영어 그 자체가 아니잖아요. 극단적으로 이야기하면 영어만 잘하고 다른 것은 못하는 사람보다는 영어는 못하지만 다른 것을 잘하는 것이 훨씬 낫잖아요.

스페인에 여행을 가서 만난 가이드에게 흥미로운 이야기를 들었습니다. 스페인어도 영어도 능숙하게 구사하지 못하는 관광 가이드가 있다고 하더라고요. 고개를 갸우뚱하는 저에게 가이드는 이렇게 말했습니다.

"스페인어도 영어도 잘하면 좋지요. 그런데 가이드는 한국 사람들을 상대하고 한국 관광객들에게 스페인의 역사나 문화, 예술 작품, 관광지에 얽힌 정보를 설명하잖아요. 중요한 것은 역사, 문화, 예술 작품, 유적지 등과 관련된 풍부한 지식이에요. 스페인어가 아니고요. 기본적인 의사소통은 스페인에 와서 조금만 노력하면 누구나 할 수 있는 것이고요."

그렇습니다. 의사에게 필요한 소양은 의학 지식과 의술, 의료인의 양심이지 유창한 영어 실력이 아닙니다. 법조인에게 필요한 것 역시 법률 지식과 올바른 판단력, 양심이지 영어가 아닙니다. 아무리 국제화 시대라 하더라도 유창한 영어가 정말 필요한 사람은 국민의 5퍼센트를 넘지 않을 것입니다. 현실이 이러함에도 우리 사회에는 영어가 삶의 전부인 것처럼 영어에 목숨 거는 사람이 많아도 너무 많습니다.

영어를 배우느라 정작 중요한 우리말의 의미를 익히지 못하고, 영어 때문에 중요하고 필요한 것들은 포기하고 있습니다. 영어는 필요한 상황에서 배워도 늦지 않고 필요를 느낄 때 학습해야 효율성이 높습니다.

전문성과 창의성은 언제 키우고 나눔과 섬김과 봉사의 마음은 언제 키울까요? 이것들과 함께 영어 실력도 키운다면 더 이상

바랄 게 없겠지만, 능력과 시간의 한계를 지닌 인간이기에 모두를 이루어 낼 수 없다면 우선순위를 고려해야 합니다. 유명 스포츠 선수들이 영어 잘해서 세계적인 선수가 된 것이 아닙니다. 축구 실력, 골프 실력을 갈고 닦은 뒤에 영어를 익혀도 늦지 않습니다. 또한 필요를 느껴서 하는 공부가 훨씬 쉽고 빠르고 재미있습니다.

저는 지금 영어 · 수학 공부하는 것이 나쁘다거나 잘못이라는 이야기를 하고 있는 것이 아닙니다. 수학 · 영어만이 중요한 공부라는 생각, 수학 · 영어로 인간을 평가하겠다는 생각이 잘못이라는 것입니다. 한창 나이에 수학 문제 풀고 영어 단어 외우는 데 모든 에너지를 쏟는 것은 분명 우리 사회의 낭비입니다.

"선생님! 방학에는 공부하지 않아도 되는 것 아닌가요? 공부 쉬라는 방학이잖아요?"

"그래, 맞아. 공부를 잠깐 쉬라는 방학인 것 맞아. 공부 안 해도 괜찮아. 마음껏 놀아야지. 지금 안 놀면 언제 놀겠니? 마음껏 놀도록 해!"

"그런데 왜 엄마도 아빠도 선생님들도 방학에도 열심히 공부해야 한다고 이야기하는 것이지요?"

"응, 그것은 … 엄마이고 아빠이고 선생님이니까?"

"…"

언제부턴가 학생들에게 방학은 빛 좋은 개살구가 되었습니다. 학교 대신 학원을 가거나 방학에도 학교에 나와 보충수업을 받아야 하니, 대한민국의 학생들에게 방학은 쉼이나 자유가 아닌 평소와 다름없는 시간의 연장이 되어 버렸습니다. 음악·미술·체육 시간도 사라지고 각종 행사도 없으니 오히려 평소보다 더 힘들고 재미없다고 투덜대기도 합니다.

'놓을 방放' '배울 학學'의 방학은 배움을 놓는 시간, 배우는 일에서 잠시 물러난 시간이라는 의미입니다. 배움을 멈추고 놀거나 쉬라고 주어진 시간이지만 대학 입시라는 귀신에 홀린 학부모들은 남들이 모두 한다는 이유, 방학을 이용해 부족한 공부를 보충해야 된다는 논리로 아이들에게 더 많이 배우기를 강요합니다.

밀린 공부를 하라는 방학이 아니고 다음 학기에 배울 내용을 미리 공부하라는 방학은 더더욱 아닙니다. 쉬라는 방학이고, 학교 다니느라 할 수 없었던 일을 하라는 방학이며, 이곳저곳 돌아다니면서 깨달음을 얻으라는 방학입니다. 실패해도 좋으니 그 누구의 간섭도 받지 말고 이런저런 실험을 마음껏 해 보라는 방학이고, 자기가 좋아하거나 관심 있는 분야의 책을 여유 있게 깊이 생각하면서 읽고 또 읽으라는 방학이며, 어떻게 사는 것이 후회되지 않는 삶인지를 쉬면서 생각해 보라는 방학입니다. 어른이 되면 일해야 하기 때문에 쉴 여유가 없으니 마음껏 놀아 보라는, 다음 학기에 공부 열심히 하려면 에너지가 필요하니 에너지를 확보해 놓으라는 방학입니다. 어떤 진로를 택할 것인지 여기저기 기웃거리며 고민해 보라는 방학입니다.

잔칫날 잘 먹으려고 사흘 굶는 것은 어리석은 일입니다. 지금 행복을 누릴 수 있는 사람이 내일에도 행복을 누릴 수 있습니다. 휴식은 2보 전진을 위한 1보 후퇴입니다. 열심히 뛰는 것보다 올바른 방향으로 뛰는 것이 중요하고, 올바른 방향을 찾으려면 요리조리 살펴보고 이것저것 생각해 보아야 합니다. 쉬는 시간은 말할 것 없고 경기 중에도 적절하게 쉬어 가면서 힘을 조절하면서 뛰는 선수가 훌륭한 선수입니다.

진정 자녀를 사랑한다면 방학에 여행을 떠나도록 등 떠밀어 주십시오. 저는 고 3 진학을 앞둔 겨울방학, 수능을 불과 10개월 앞둔 그 시기에 아들을 12일 동안 일본에서 진행된 캠프에 보냈습니다. 공부해야 하는데 무슨 캠프냐며 가지 않겠다는 아이를 어렵게 설득해 보낸 이유는 열심히 놀아야만 열심히 공부할 수 있다는 생각에서였습니다. 예상대로 아들은 캠프에 다녀온 후 더 열심히 공부했고, 훗날 방학 때 신나게 놀았기 때문에 후회 없이 누구보다 열심히 공부할 수 있었다고 말했습니다. 대학에 진학한 뒤에도 틈틈이 여행을 하면서 여행을 통해 얻은 깨달음과 축적된 에너지가 공부에 큰 힘이 되었다고 이야기하곤 하였습니다.

'여행하지 않는 사람에게 이 세상은 한 페이지만 읽은 책과 같다' '진정한 여행이란 새로운 풍경을 보는 것이 아니라 새로운 눈을 가지는 것이다' '바보는 방황하고 현명한 자는 여행을 한다'고 합니다. 가족이나 친구와 함께하는 여행도 좋지만 혼자 떠나는 여행, 관광지 중심이 아니라 삶의 현장을 방문하는 여행, 발길 닿는 대로 걷다가 버스도 타고 기차도 타는 배낭여행, 자신을 돌아보고 남들이 어떻게 사는지를 살펴보는 여행. 길거리에서 만난 사람과 진지하게 삶을 고민해 보는 여행, 시골 정자에서 할머니 할아버지를 스승으로 모시는 여행, 논밭이나 비닐하우스에서 농부들과 함께 땀 흘리며 일하는 여행이 필요합니다. 여행을 통해 에너지를 충전하고 세상을 이해하고 철이 든다면 방학이 끝난 후 아이는 훌쩍 성장해서 기쁜 마음으로 책을 가까이 할 수 있을 것입니다.

에이브러햄 링컨은 '나무를 베는 데 여덟 시간이 주어진다면 그중 여섯 시간을 도끼를 가는 데 쓰겠다'고 했습니다. 그의 말처럼 쉼 없이 일하는 것만이 능사가 아닙니다. 노동시간이 길어질수록 생산성은 떨어지고 비용 지출만 늘어납니다. 노는 일과 휴식을 취하는 일이 낭비가 아니라 더 잘하기 위한 준비이듯, 방학에 신나게 노는 일 역시 시간 낭비가 아니라 공부를 잘하기 위한 중요한 전략입니다. 기계도 쉬도록 해야 하거늘 하물며 인간, 그것도 아직 어린 학생들임에야 말해 무엇 하겠습니까? 저는 '답게'라는 말을 좋아합니다. 사람답게, 선생답게, 부모답게. 그리고 일요일답게. 방학답게.

●●● 고 3이 뭐라고

친구에게 전화가 왔습니다. 딸이 고 3이라서 친구들이 함께하는 제주도 부부 동반 여행에 동행할 수 없다는 것이었습니다. 오랜만에 함께하는 부부 동반 여행인데 웬만하면 함께 하자고 했더니 "아니, 딸내미가 고 3이라니까. 고 3! 고3 부모가 어떻게 여행을 가?"라며 소리를 높이더군요. 그 기세에 눌려 더 말을 잇지 못하고 전화를 끊긴 했지만 씁쓸함을 떨쳐 버릴 수 없었습니다.

고 3 학부모는 여행을 가서는 안 된다는 논리를 자신 있게 펼치는 사람이 어디 이 친구뿐이겠습니까. 고 3이 벼슬이고 고 3 학부모도 벼슬인 사회. 고 3이면 가족 모임에 참석하지 않아도 되고, 아니 참석하는 것이 이상하고, 고 3 학부모는 1년 내내 부모님을 찾아뵙지 않아도 되는 나라에 우리가 살고 있습니다. 고 3도 이해되지 않는데 왜 고 3 부모까지 노예가 되어야 하는지 안타깝습니다.

고 3은 정말로 쉼 없이 공부만 하며, 또 부모가 옆에서 보살펴 주어야만 성적을 올려 원하는 대학에 들어갈 수 있는 것일까요? 고 3 담임을 여러 번 해 본 현직 교사로서 결론부터 말하자면 절대 아닙니다. 고 3 학생들에게 "친척들이나 주변 어른들이 고 3 이라고 애쓴다고 하면 겸연쩍지 않니?" 물으면 아이들은 웃으며 고개를 끄덕입니다. 고 3 학생도 고 3 학부모도 자신도 모르게 스스로를 속이고 다른 사람도 속이고 있는 것입니다. 고 3이라 해서 쉼 없이 공부하는 것 아니고, 쉼 없이 공부할 수 있는 것도 아니며, 설령 쉼 없이 공부한다고 해서 실력이 향상되는 것도 아닙니다.

고 3 학부모가 자녀를 위해 자신의 일까지 내팽개치고 해야 할 것은 없습니다. 희생할 이유가 없다는 것이 아니라 해 줄 수 있는 일이 없다는 이야기입니다. 도움을 주고 싶은 마음은 충분히 이해되지만 도와줄 일이 없습니다. 부모가 여행을 가지 않는 것이 아이에게 도움이 될 거라는 생각은 엄청난 착각입니다.

수능을 한 달 앞둔 어느 날 모 방송국에서 학교에 취재를 왔습니다. 그날 저녁 뉴스에는 열심히 수업에 임하고 있는 우리 학교 학생들의 모습을 담은 자료 화면과 함께 다음과 같은 기자의 설명이 흘러나왔습니다.

"고등학교 3학년 교실에는 팽팽한 긴장감이 감돕니다. 1분 1초가 아까운 수험생들은 선생님의 설명을 하나라도 놓칠세라 선생님 설명에 잠시도 눈을 떼지 못합니다. … 수험생들은 갈수록 커지는 부담감을 뒤로한 채 출제 유형별 문제 풀이에 여념이 없습니다."

그 뉴스를 보면서 저도 모르게 웃음이 터졌습니다. 기자의 설명이 사실과 완전히 달랐기 때문이지요. 그날 화면 속 아이들은 카메라가 돌아가는 순간 외에는 다른 날과 마찬가지로 긴장감 없이 졸다가 자다가를 반복하였습니다. 선생님의 설명을 귀담아 듣는 아이보다 피곤한 표정으로 앉아 있는 아이가 훨씬 많았습니다.

작심삼일作心三日은 고 3들도 예외가 아닙니다. 3월 중순까지 고 3 교실에는 긴장감이 돌고 열심히 공부하는 분위기가 형성됩니다. 하지만 3월이 채 지나지 않아 아이들은 졸고 자고 떠들기 시작합니다. 물론 기자가 거짓말을 하려고 했던 것은 아닐 겁니다. 다만 사실을 제대로 보지 못한 것이지요. 거기에 어설픈 상상력과 시청자들의 기대를 반영하여 의도치 않은 엉터리 보도를 한 것이겠지요.

고 3 자녀에게 무관심해야 한다는 말이 아닙니다. 다만 지나친 관심, 짜증을 불러일으키는 관심, 부담을 주는 관심, 시간을 빼앗는 관심은 아이의 마음에 부담과 고통을 주어 오히려 공부를 방해할 뿐이라는 것입니다. 아이를 위해 부모가 할 수 있는 가장 좋은 것은 자신의 일을 열심히 하면서 즐겁게 생활하는 것입니다. 열심히 일하고 취미 생활을 즐기면서 삶을 가꾸는 부모님의 모습을 보여 주어야 아이도 행복한 마음으로 열심히 공부할 수 있습니다. 고 3 학부모님들에게 이렇게 말하고 싶습니다.

"아이에게 뭔가 해주고 싶으시죠? 고 3 학부모로서 뭐라도 해야 할 것 같지요? 안 하면 나쁜 부모인 것 같은데 뭘 해야 할지 몰라 당황스러우시죠? 고 3 학부모라고 특별히 아이에게 해 줄 일은 없습니다. 없는 일을 억지로 만들어서 할 필요 없다는 말입니다. 돕는다고 나섰다가 오히려 좋지 않은 결과를 내는 경우가 많습니다. 쓸데없는 참견으로 아이를 귀찮게 하고 짜증나게 하는 부모가 되고 싶진 않으시죠? 그러니까 공부는 학생이 하는 것이라는 사실을 되새김질하셔야 합니다. 쓸데없는 참견으로 아이들 공부 방해하지 마시고, 부모님께서는 본인의 일과 취미 생활을 열심히 하면서 즐겁게 지내세요. 아이들을 믿어 주고, 아이들에게 스스로 할 기회를 주고 지켜보는 것으로 충분합니다. 부모님이 해 줄 수 있는 일은 세 가지밖에 없습니다. 믿어 주는 것, 아침밥 먹도록 하는 것, 일찍 자도록 지도하는 것이 그것입니다. 스스로 하도록 기회를 주고 도와달라고 부탁할 때에만, 그것도 아이에게 반드시 필요한 일이라고 판단이 될 때에만 도와주시면 됩니다."

말을 물가에 끌고 갈 수는 있지만 물을 억지로 먹일 수 없는 것처럼, 부모가 학생에게 억지로 공부를 시킬 수는 없습니다. 부모가 할 수 있는 일은 아이가 즐겁고 신나게 공부할 마음을 가지도록 하는 것인데 채찍보다는 당근이 좋고 믿음과 격려와 칭찬, 그리고 기다림이 중요합니다.

주말이면 산이나 들이나 바다에 사람들이 북적입니다. 자연 속에서 행복해하는 사람들의 모습을 보면 덩달아 기분이 좋아집니다. 그런데 그 인파 속에 중·고등학생들의 모습은 보이지 않습니다. 공부 때문입니다. 공부를 핑계로 아이들은 계절의 변화도 느끼기 어려운 닫힌 공간에 머물러 있습니다. 계절이 바뀌는 것도, 꽃이 피고 지는 것도 모른 채.

공부가 뭐라고 시멘트 공간에 갇혀 새소리 바람 소리조차 느끼지 못하고, 고3이 뭐라고 온 가족이 볼모로 잡혀 숨죽이고 살아야 할까요? 정작 고3은 특별 대우를 원하지도 않는데 왜 특별 대우를 해 주지 못해 안달일까요? 공부하는 고3도 있지만 공부하지 않는 고3도 많습니다. 공부에 재주가 없고 무엇보다 지쳤기 때문입니다. 누가 지치게 만들었을까요? 못난 어른들입니다. 공부도 노동입니다. 고3도 인간입니다. 고3이라고 특별한 존재가 아닙니다.

●●● 　공부 잘하고 싸가지 없는 아이

　　　　　　　　　　　　　　〈베테랑〉이라는 영화를 보았
습니다. 영화를 보는 내내 분노와 안타까움이 가슴을 짓눌렀던
기억이 지금도 생생합니다. 영화관을 나선 뒤에도 영화보다 더
많은 그림들을 그렸다 지우기를 반복했지만 가슴속 답답함은 한
동안 지워지지 않았습니다. 영화를 본 많은 사람들은 재벌의 횡
포에 분노했겠지만, 저는 그보다 재벌을 옹호하는 비겁하고 못
난 지식인들, 약자의 편에서 정의를 위해 싸우는 형사의 모습이
기억에 남았습니다. 재벌의 횡포보다 더 화가 났던 것은 공익보
다 사익을 추구하는 권력자들, 재벌과 권력에 협력하는 비겁한
언론인의 모습이었습니다. 유머러스한 설정과 대사로 간간이 관

객들의 웃음이 터져 나오는 순간에도 웃을 수 없을 만큼 답답했던 것은 영화 속 권력자와 언론인, 지식인들이 모두 학창 시절 공부를 잘한 사람들이었다는 것이었습니다.

정답 찾는 방법, 점수 올리는 술수만 가르쳤을 뿐 정의, 자유, 평등, 평화, 공존이라는 단어는 외면하였습니다. 강자 앞에서 비겁하지 말고 약자를 따뜻하게 보듬으라고 말하는 대신 공부 잘하기만을 강요했고 공부 잘하는 방법만을 침 튀기며 알려 주었습니다. 공부하지 않는다고 야단쳤고 공부해야 행복할 수 있다고 강변했을 뿐, 양심에 따라 부끄럽지 않게 이웃을 돌아보며 용서하는 평화의 삶을 살아야 한다고는 말하지 못했습니다.

졸업 후 만난 제자들에게서 비겁함과 야비함을 발견했으면서도 그러면 안 된다고 따끔하게 야단치기는커녕 웃음으로 얼버무렸습니다. 영어·수학 잘하는 사람보다 〈베테랑〉의 서도철 형사 같은 정의로운 사람, 올바른 양심을 가진 경영자, 정의로운 일을 방해하지 않고 약한 사람들과 함께 울어 줄 수 있는 지도자가 필요한데, 이렇게 중요한 것들은 가르칠 생각조차 못하고 그저 공부 공부, 영어 영어, 수학 수학만을 외쳤습니다.

법조인은 어떤 사람이어야 할까요? 인권을 중요하게 생각하는 사람, 인간에 대한 이해력이 뛰어난 사람, 보수와 혁신을 넘나눌 수 있는 사람, 남의 말에 귀 기울일 줄 아는 사람, 함께 아파하고 울어 줄 수 있는 사람, 건전한 상식을 가진 사람 등 여러 가지 자질을 갖추어야 할 것이지만 무엇보다 권력과 돈에 꺾이지 않을 양심과 용기 있는 사람이어야 합니다. 우리 사회에 만연한 사법부에 대한 불신도 법에 대한 지식과 전문성 부족이 아니라 양심을 속이고 강자에 빌붙고 개인의 이익을 추구하는 것에서 비롯된 것이니까요.

어찌 법조인뿐이겠습니까. 정의와 양심은 정치인, 행정가, 의료인, 경영자, 교육자, 공무원 등 우리 사회 구성원 모두가 갖추어야 할 덕목입니다. 그럼에도 우리 교육은 정의나 양심에 대해서는 침묵하고 있습니다. 양심, 인권, 교양, 인성, 자유, 평등, 평화, 복지, 상식 등에는 관심 없고 오직 영어·수학만 중요합니다. 공부만 잘하면, 성적만 잘 나오면, 명문대에 입학하기만 하면 된다고 이야기합니다. 돈 많이 벌고 권력을 행사할 수 있는 직업을 가질 수만 있다면 모든 것이 용서된다고 합니다. 부끄러운 줄도 모르고 큰 소리로 이야기합니다. 공부만 잘하면 싸가지 없어도 용서받는 세상입니다. 그 중심에 잘못된 교육이 있습니다.

줄 세우기가 목적이 되어 버린 교육이 가장 먼저 바뀌어야 합니다. 우리의 교육 시스템에 돌을 던져야 합니다. 영어 단어 많이 외우고 어려운 수학 문제 잘 풀어야 건강한 사회인의 자격이 있는 것인지 질문해야만 합니다. 양심 없고 용기 없는 아이는 공부 잘하면 안 되겠다는 생각까지 할 수 있어야 합니다.

"우리 아이 공부 못했으면 좋겠어요. 아직 사람이 덜 되었거든요. 싸가지 없고 사람 냄새 나지 않는 놈이 공부 잘해서 공무원, 정치인, 법조인, 의료인, 회장님 되면 안 되잖아요. 나쁜 사회 되잖아요."

이런 학부모를 만나고 싶은데… 아직은 갈 길이 먼 것 같습니다.

2

좋은 부모가 되고 싶다면

인간은 누구나 남 앞에서는 철든 것처럼 행동하다가도 엄마 아빠 앞에서는 철부지 아이가 된다는 사실을 알아야 진짜 철든 부모 아닐까요? 인간은 누구나 어리석고 못난 존재라는 사실을 알아야 어른이라고 할 수 있는 것 아닌가요? 그러니 우리가 해야 할 일이 하나 있습니다. '그래도'를 수시로 외치는 것입니다.

●●●　　용서는 힘이 세다

　　　　　　　　　　　　　　　뒤돌아보면 부끄럽기 그지없
습니다. 왜 그런 생각을, 그런 행동을, 그런 말을 했을까? 지우고
싶은 과거가 한두 가지가 아닙니다. 많은 일들이 후회와 반성으
로 남습니다. 망각의 힘이 없었다면 저는 지금 쥐구멍에 들어가
있을 것이라는 생각까지 해 봅니다.

　부모님 마음 아프게 했던 것, 책을 읽지 않은 것, 학업을 소홀
히 한 것, 시간을 헛되게 보낸 것, 학생들에게 쉽게 설명하지 못
하고 좀 더 따뜻하게 대하지 못한 것, 아내에게 잘해 주지 못한
것, 부모님께 살갑게 대하지 못한 것, 아들딸을 사랑으로 보듬지
못한 것, 모두 모두 부끄러움과 안타까움으로 남습니다. 공자가

말한 불혹不惑(40세, 미혹되지 아니함. 세상일에 정신을 빼앗겨 갈팡질팡하거나 판단을 흐리는 일이 없게 됨), 지천명知天命(50세, 하늘의 명령을 알게 됨), 이순耳順(60세, 귀에 순조롭게 들림. 생각하는 것이 원만하여 어떤 일에 대해 들으면 곧 이해가 됨)을 되뇌면서 나이가 어렸기 때문이라고 스스로를 변명하며 위로할 뿐입니다.

지천명의 나이가 되어서야 부모님과 주위 분들께 참으로 많은 잘못을 하면서 살아왔다는 생각을 하게 되었습니다. 자랑스러운 일은 거의 하지 못하고 부끄러운 일들만 많이 했음을 인정하게 되었습니다. 오십이 넘으면서 비로소 주위 사람들에게 너그러워지기 시작했고 학생들과 아들딸에게 화내지 않게 되었습니다. 부족함이 눈에 보여도 '나도 그랬는데 뭘. 저 나이에는 다 그런 거지. 나는 훨씬 어리석고 이기적이었고 생각도 짧았는데'라고 생각할 수 있게 되었고 화나지도 않게 되었습니다. 나이 오십에 철든 사람이 열일곱, 열여덟 학생들을 철들지 않았다고 나무라는 것이 오히려 우스운 일이라는 사실도 알게 되었고요.

어떤 사람은 '다 지나가리라'라고 중얼거리면 걱정, 근심, 분노가 사라진다고 했는데 저는 '다 지나가리라'라는 말과 함께 '아직 철들지 않아서'라고 중얼거리면 마음에 평화가 찾아옵니다. '저만 한 나이에 나는 저보다 더 못했지. 시간이 성장시켜 줄 거야. 나이 먹으면 철들 것이고 철들면 잘할 것이 분명해. 내가 어떻게 한다고 되는 것이 아니지. 그러니 용서하고 기다려야지. 다른 방법은 없어.'

젊은 교사 시절에는 화내는 것은 기본이고 수시로 체벌도 했지만, 철이 들면서는 체벌은 물론 화내지도, 큰 소리로 야단치지도 않게 되었습니다. 대부분의 선생님들은 학년 초에 무섭게 대하여 아이들을 길들인다는데, 저는 오히려 어떤 경우에도 체벌하지 않겠노라 약속합니다. 아이들이 마음 편하고 긴장하지 않고 자유로워야 재미있을 수 있고 재미있어야 공부도 잘할 수 있다고 생각하기 때문입니다. 스트레스도 분노도 없어야 공부도 재미있게 할 수 있고 학교 생활도 잘할 수 있다고 생각하기 때문이며, 내일도 중요하지만 오늘의 행복이 더 중요하다고 생각하기 때문입니다. 고맙게도 10여 년 동안 체벌하지 않고 큰 소리치지 않았어도 아이들은 잘 따라 주었을 뿐 아니라 학교 성적도 대학 입시 결과도 자랑하기에 부족함이 없을 만큼 거둘 수 있었습니다.

할머니와 엄마의 아이 양육 방법이 많이 다르다고들 합니다. 대부분의 할머니들은 가능하면 손주들의 요구를 들어주고 용서하며 기다려 주고 따뜻하게 대하는 데 비해, 엄마들은 원칙적이고 아이의 요구를 묵살하며 작은 잘못에도 화내고 야단치며 기다리지 못한다는 것입니다. 아이를 사랑하는 마음이야 같을 터인데 왜 이렇게 차이가 나는 것일까요? 할머니들은 경험을 통해 확실하게 알게 되었기 때문입니다. 어릴 때에는 누구라도 어리석게 생각하고 행동한다는 사실을 자녀를 키우는 과정에서 깨달은 것입니다. 시간이 지나면 저절로 철이 들어 자신이 해야 할 일은 하고 하지 말아야 할 일은 하지 않게 된다는 것을, 야단치고 윽박지르고 억지로 시킨다고 되는 것이 아님을 경험을 통해 알게 된 것입니다. 시간이 필요하다는 평범한 진리, 큰 소리로 야단치며 꾸짖으면 오히려 엇나가지만 사랑으로 보듬어 주면 멋지게 성장한다는 사실을 시간 속에서, 자신의 경험과 타인의 경험을 통해서 깨달았기 때문입니다.

교단 경력이 쌓여 갈수록 교육에는 정답이 없음을 확인합니다. 똑같은 땅에서 같은 주인의 보살핌으로 자랐지만 어떤 나무는 크고 맛있는 열매를 맺고 어떤 나무는 작고 맛없는 열매를 맺는 것과 마찬가지로, 같은 방법으로 교육하였음에도 다른 결과를 내는 것을 많이 보아 왔습니다. 같은 방법으로 지도했음에도 제각기 다른 결과를 내는 아이들을 바라보면서 제 능력을 의심하기보다는 인간은 각기 다르다는 사실, 자신의 삶은 자신이 만들어 가는 것이지 누군가가 도와준다고 좋게 만들어지는 것이 아니라는 사실, 강함보다는 부드러움이 교육적 효과가 크다는 사실을 깨닫게 되었습니다.

정답 없는 세상이지만 분명한 진리라고 말할 수 있는 것이 있습니다. 용서와 믿음과 기다림의 위대함이 그것입니다. 진심으로 용서하고 기다렸더니 아이들은 보답해 주었고, 용서해 주었더니 인간답게 성숙해 갔습니다. 지금, 아이들의 잘못과 실수를 확인하고서도 화나지 않고 걱정되지 않는 이유도 아이들은 그 잘못과 실수를 통해 배우고 깨달을 수 있다고 믿기 때문입니다. 그래도 화가 나려고 할 때면 저 자신에게 이렇게 속삭입니다. '너는 그 나이에 얼마만큼 인간다웠고 얼마만큼 철이 들었으며 얼마만큼 알고 있었느냐?'

우연히 어떤 책에서 가슴에 다가온 말을 발견하고, 어떻게 아이들에게 전해 줄까 고민하다가 네모 칸 넣기를 해 보았습니다. 먼저 문항을 칠판에 쓰고 아이들에게 답을 생각해 보라고 한 뒤, 괄호 안의 답을 하나씩 맞춰 나갔습니다.

가장 무서운 죄는 ☐☐☐   (두려움)

가장 좋은 날은 바로 ☐☐   (오늘)

가장 무서운 사기꾼은 ☐☐을 ☐☐☐ 사람 (자신을 속이는)

가장 큰 실수는 ☐☐ 해 버리는 것,　　　　　(포기)

가장 치명적인 타락은 ☐을 ☐☐☐☐ 것　(남을 미워하는)

가장 어리석은 자는 ☐의 ☐☐만 ☐☐☐☐ 사람

　　　　　　　　　　　　　　(남의 결점만 찾아내는)

그리고 잠시 후 가장 중요한 문항이라고 이야기한 후에 다음과 같이 적었습니다.

그러나 가장 좋은 선물은 ☐☐

대부분의 아이들이 '사랑'이라 외쳤지만 저는 미소를 지으면서 고개를 가로저었습니다. 아이들의 웅성거림이 잦아들 때쯤 'ㅇㅅ'을 적었더니 한참 후에 한 아이가 '용서'라고 이야기하였고, 그러자 고맙게도 아이들 모두 저에게 정답을 확인하지도 않고 힘차게 고개를 끄덕였습니다.

용서容恕가 최선의 방법이 아닌 것은 분명합니다. 용서는 준법정신을 흐리게 하고, 게으름과 방종을 가져올 수 있으니까요. 용서를 악용하는 사람들도 있기 때문에 사회질서를 유지하고 개인의 안녕과 발전을 지키기 위해서라도 잘못을 저질렀을 때 처벌하고 제재를 가하는 것이 필요하고 또 중요합니다. 법이나 규율이 존재하지 않거나 관용만 베푼다면 사회는 혼란에 빠지게 될 것이고 우리 모두 불행해질 수 있다는 사실도 잘 압니다.

그럼에도 불구하고, 우리는 용서해야 합니다. 용서가 최선의 방법이 아님에도, 사회질서를 무너뜨리고 불행을 가져올 개연성이 있음에도 우리는 용서해야 합니다. 용서가 메말라 고통 받는 사람들, 용서받지 못하여 가슴 졸이며 괴로워하는 사람이 너무 많기 때문입니다. 또한 누구라도 잘못을 저지른 경험이 있으며, 앞으로도 잘못을 저지를 가능성이 있다는 것도 용서가 필요한 또 다른 이유입니다.

대부분의 사람들은 굳이 야단치거나 처벌하지 않아도 스스로 잘못이나 실수를 깨닫고 다시는 실수나 잘못을 반복하지 않을 양심을 가지고 있습니다. 용서 받았을 때 고맙고 미안한 마음이 들어 다시는 실수하거나 잘못을 범하지 않으려 합니다. "너를 용서 않으니 내가 괴로워 안 되겠다. 나의 용서는 너를 잊는 것"이라는 노래 가사 아시지요? 이 노래처럼 용서는 타인을 위한 일이면서 동시에 자신을 위한 일입니다. 용서받지 못한 사람만이 아니라 용서하지 못한 사람도 괴롭습니다.

첫 번째 담임을 맡았던 해, 종업식 직전에 아이들에게 담임인 저에 대한 평가를 부탁하였습니다. 모두들 '감사하다' '좋았다' '내년에도 담임 해 주시면 좋겠다'라고 적었는데 한 아이가 용감하게도 가끔씩 사소한 일에 지나치게 화내는 것이 단점이라고 지적했습니다. 솔직히 서운한 마음이 들었습니다. 아니, 화가 나고 배신감을 느꼈습니다. 좋은 선생이 되려고 나름 노력했거든요. 하지만 그 일을 계기로 저 자신을 되돌아볼 수 있었고 그 아이의 지적에 고개를 끄덕일 수 있었습니다. 이후 조금씩 노력하여 사소한 일뿐 아니라 모든 일에 화내지 않고 용서하는 마음을 가질 수 있게 되었고, 그랬더니 아이들은 제 앞에서 행복한 순한 양이 되어 갔습니다. 체벌하지 않아도, 얼차려 주지 않아도, 화내지 않아도 큰 소리 치지 않아도 대부분의 아이들이 착하고 바르게 생활하는 모습을 보면서 용서가 가장 좋은 방법임을 확인한 것입니다.

물론 교사이기에 아이들이 잘못한 것을 보고 못 본 척 지나치지는 않습니다. 반드시 잘못을 지적하고, 학생답게 생활하자고 부탁도 한 뒤 용서해 줍니다. 동시에 무언의 암시를 주지요. 내가 너를 용서한 것처럼 너도 누군가를 용서해야 한다고.

악은 또 다른 악을 낳고 선은 또 다른 선을 낳는다고 합니다.

마찬가지로 처벌은 또 다른 처벌을 가져오고 용서는 또 다른 용서를 불러옵니다. 모든 일이 그렇듯 용서도 처음에는 어렵지만 습관을 들이면 어려운 일이 아니더군요. 그리고 용서가 최선의 방법이 아닐 수 있지만, 용서가 최선의 방법이라고 착각(?)하며 사는 것도 나쁘지 않을 것 같습니다. 할 수 있는 범위 내에서 용서하고 또 용서하면 좋겠습니다. 특히 사랑하는 아들딸이라면 더더욱 그렇겠지요.

인간은 누구나 잘못을 저지르고 그 잘못에 대해 후회하고 반성하면서 성장해 갑니다. 그 과정에 교육이 필요한데, 여기서 우리가 고민해야 할 문제는 교육 방법의 선택입니다. 그동안 우리들은 아이들의 잘못과 실수에 대해 처벌과 응징만을 최선의 지도 방법으로 여겨 또 다른 방법을 고민하는 데 소홀했습니다.

저 역시 젊은 시절에는 학창 시절 은사님께 받은 대로, 또 주변의 다른 선생님들이 하는 대로 혼내고 처벌하는 것을 당연하게 생각했습니다. 그러다가 처벌이 아이들의 마음은 물론 행동도 바꾸지 못한다는 사실을 깨닫게 되었습니다. 처벌은 선생님 앞에서만, 그 순간만 착한 학생으로 변화시킬 뿐임을 알게 된 것이지요.

체벌, 벌점, 폭언이 교실을 조용하게 만들고 면학 분위기를 조성하는 데 도움이 된다고 생각하는 사람이 아직 많지만 언 발에 오줌 누기일 뿐 근본적인 처방은 될 수 없음은 진즉 확인된 바 있습니다. 무조건적 처벌은 교육이 아니라 악을 잠시 감추는 미봉책에 불과합니다. 처벌 받은 아이는 자신의 잘못을 바로잡고 반성하기보다 처벌이 지나치다고 생각하여 분노하고, 처벌을 받았으니 더 이상 할 일이 없다고 생각해 버리기 때문입니다.

교사와 학부모들의 인식 전환과 학생인권조례 제정으로 학교 현장에서 체벌이 사라진 것은 온몸으로 박수칠 일입니다. 학교에서 체벌이 사라지면 학교가 엉망이 될 것이라 우려했던 사람들이 머쓱하게 된 것이 오늘의 현실입니다. 체벌이 사라진 학교는 지금 사랑과 행복이 피어나려 하고 있습니다. 많이 변했지만 더 많은 변화가 필요합니다. 체벌이 사라진 그 위에 더 많은 공감과 용서와 이해와 사랑이 얹어져야 합니다.

교육敎育은 가르치고 기르는 일입니다. 사회생활에 필요한 지식이나 기술뿐 아니라 바람직한 인성과 체력을 갖도록 가르치는 조직적이고 체계적인 활동입니다. 지식뿐 아니라 지혜를 가르치고, 인간다운 인간으로 살아가야 하는 이유와 방법을 함께 고민하고 실천하는 활동입니다. 인간인 이상 너나없이 잘못을 저지르고 실수를 하면서 살아가는데, 중요한 것은 그 잘못과 실수를 통해 깨달음이 일어나야 한다는 것입니다. 깨달음이 일어나려면 처벌과 혼내기가 아니라 용서하고 함께 안타까워하고 미안해할 수 있어야 합니다. 교육은 인간의 한계를 인정하면서 용서하고 용서 받는 방법을 가르쳐 주고 길러 주는 역할을 해야 하는 것입니다. 몹시 화가 나 감정을 추스르기 어려울 때 저는 이렇게 저 스스로를 타이르곤 한답니다.

'용서하라. 마음과 다르게 말하고 행동하는 경우가 너에게도 있지 않았느냐. 네가 이해하라. 너에게 상처 주었던 그 말, 분명히 마음에 있었던 말도 진정으로 하고 싶었던 말도 아니었을 것이다. 그러니 네가 용서하라. 잘못했음을 깨닫고 미안하다고 말하려 하였는데 시간을 놓치고 그 뒤엔 어색하여 끝내 말하지 못한 경우가 너에게도 있지 않았느냐. 이해하고 또 이해하라. 용서하고 또 용서하라.'

용서는 힘이 셉니다. 용서는 또 다른 용서를 낳고, 그 용서가 평화와 행복을 가져올 것입니다.

●●●　　그래도, 그래도

"여러분이 붙이는 크리스마스
씰 한 장은 결핵 퇴치 사업에 직접 참여하고 있다는 증표이자 사
랑 나눔의 실천입니다."

멋쩍다는 생각을 떨칠 수 없어 크리스마스 씰 뒷면에 적혀 있
는 문구를 읽어 주고 별다른 설명 없이 10매 묶음에 3천 원이니
구입할 의사가 있으면 손을 들라 하였습니다. 그런데 아무 반응
이 없었습니다. 난감했습니다. 나쁜 짓 하다 들킨 사람처럼 얼굴
이 달아올라 창밖을 쳐다보다가 다시 아이들에게로 눈을 돌렸는
데 어색한 사람은 저 혼자뿐이었습니다. 아이들에게 다시 기회
를 주려고

"결핵 퇴치 사업에 참여하는 좋은 일인데…"

라고 말하는 순간, 한 아이가

"결핵 다 없어지지 않았나요?"

라고 웃으면서 말하는 것이었습니다. 화가 났지만 꾹 참고 한 풀 꺾인 목소리로 한 마디 덧붙였습니다.

"사랑 나누기의 실천이야. 그리고 겨우 3천 원이잖아."

한 아이가 손을 들고 지갑을 꺼냈습니다. 제자임에도 존경스러운 마음이 들었습니다. 그러고는 끝이었습니다. 교실을 빠져나오는데 한 아이가 뒤따라와 3천 원을 내밀었습니다. 고마웠습니다. 남은 여덟 장을 들고 교무실에 돌아오니, 아이들이 자발적으로 가져갔다는 선생님도 있고, 강매했다는 선생님도 있고, 실장에게 책임 지웠다는 선생님도 있었습니다. 어쨌든 저만 되가지고 온 것이었습니다. 교실에서보다 더 화가 치밀어 오르는 순간, '그래도 용서하라'를 중얼거렸지만 밀려오는 슬픔은 어찌할 수 없었습니다.

'나쁜 놈들 같으니라고, 빵도 사 주고 아이스크림도 사 주고 음료수도 사 주고, 고기 뷔페도 두 번이나 데리고 가지 않았던가. 학급비도 우표 값도 걷지 않고 모두 내 돈으로 해결해 주었는데… 비겁한 놈들 같으니라고. 결핵 퇴치는 그렇다 치고 선생

님을 봐서라도 사 주어야 옳은 것 아닌가… 내가 그 녀석들에게 쓴 돈이 얼만데….'

이미 저는 어린아이가 되어 있었습니다. '아내의 눈치를 살펴가면서까지 1년 가까이 시간과 정성과 돈을 투자했는데….' 슬픔이 고개를 들려는 순간, 다시 한 번 '그래도'를 생각해 냈습니다.

'좋다. 그래도 나는 용서하고 사랑해야 한다. 이것이 교사인 나의 숙명이다. 배신하고 또 배신하더라도 자식이기에 품어야만 하는 것이 부모의 운명이듯, 이기적이고 선생님 마음 몰라주는 아이들이지만 미워하지 말고 가슴으로 용서하고 품어야 하는 것이 선생의 운명이다. 예쁜 제자도 품어야 하고 미운 제자도 품어야 한다. 못난 자식에게 더 많은 사랑을 쏟는 부모처럼 더 버릇없고 더 비겁한 제자를 공부 잘하고 예의 바르고 착한 아이들보다 더 많이 용서하고 사랑해야 한다. 어쨌든 나는 선생이니까.'

"잘해 줘도 다 쓸데없어" "잘해 줄 이유 하나도 없어" "장학금 줘도 고맙다고 말하는 아이가 없어…." 주변 선생님들께 가끔씩 듣는 푸념입니다. 저 역시 적잖게 경험하였기에 틀린 말이 아님을 인정합니다. 정말로 아이들에게 잘해 주어도 아무 소용없음을 많이 확인하였습니다. 그렇지만 잘못된 생각인 것도 분명합니다. 베풂은 베풂으로 끝나야지 대가를 바라서는 안 되고, 대가를 바라는 것이 사실은 자신을 괴롭히는 일이 되기 때문이지요.
그냥 시간이 흐른 어느 날 이해해 주고 미안해하고 고마워할 것
이라 생각하는 것으로 충분합니다. 꼭 지금 이 시간일 필요는 없
습니다.

> 장난감을 갖고서 그것을 바라보고
> 얼싸안고 기어이 부숴 버리는
> 내일이면 벌써 그것을 준 사람조차 잊어버리는 아이처럼
> 당신은 내가 드린 내 마음을
> 귀여운 장난감처럼 조그만 손으로 장난할 뿐
> 내 마음이 고뇌에 떠는 것은 돌보지 않는다.

헤르만 헤세의 시 〈아름다운 사람〉을 떠올리게 하는 일들을
수없이 경험했습니다. 그러다가 문득 제 자신을 돌아보았습니
다. 저 역시 중고등학교 시절에는 버릇없는 놈이었음을 기억해
낸 것이지요. 고마움도 미안함도 몰랐던 버릇없고 이기적인 아
이였습니다. 과거의 저를 뒤돌아보고서야 비로소 아이들이 용서
되고 이해되었습니다.

'아직 어린아이니까… 나도 저만 한 나이에는 저랬으니까…'

두 살짜리 어린아이에게 과자 한 봉지를 사 주고 5분쯤 지나 그중 하나만 달라고 해 보십시오. 아이는 주지 않고 슬픈 표정을 지을 것입니다. 그런 모습을 보고도 화가 나지 않는 것은 어린아이이기 때문이잖아요. 중·고등학생을 대할 때도 이런 마음을 품으면 됩니다. 스물아홉 살짜리 청년을 대할 때에도 이런 마음을 가지면 화나지 않을 것입니다.

담배 냄새를 풀풀 풍기면서도 담배 피웠느냐 물으면 일단 안 피웠다고 발뺌을 합니다. 몇 시에 잤기에 이렇게 졸고 있느냐 물으면 12시에 잤다고 했다가 다시 물으면 1시, 또다시 물으면 2시, 2시 40분을 이야기합니다. 수업 시간에 스마트폰을 보았으면서도 일단은 보지 않았다고 발뺌합니다. 아이들은 이 핑계, 저 핑계로 거짓말을 자주 합니다. 답답한 마음에 고민도 많이 하였습니다.

'아이들은 왜 이렇게 거짓말을 할까. 나는 저 정도의 거짓말은 하지 않았는데….'

많은 부모님들이 이렇게 생각합니다. 저도 마찬가지였지요. 하지만 찬찬히 되짚어 보니 저도 학창 시절에 거짓말을 많이 했더군요. 거짓말을 한 뒤 무의식적으로 합리화했기에 거짓말을 하지 않았다고 생각했던 것입니다. 선의의 거짓말도 거짓말일진

데 선의의 거짓말은 거짓말이 아니라고 변명하였고, 거짓말이 상대의 마음을 편하게 만들었으니 잘못이 아니라고 중얼거렸으며, 상대방을 위한 거짓말이고 거짓말의 결과가 좋았으니 잘못이 아니며, 갈등을 만들지 않으려고 한 거짓말이니 괜찮다고 억지를 부렸습니다.

거짓말 하는 것이 인간의 본능임을 이제야 알게 되었습니다. 유명 정치인이나 기업인이나 연예인들이 사건 사고에 연루되었을 때, 일단 거짓말부터 하고 결정적인 증거가 나올 때까지 계속 버티다가 증거가 나오면 그제야 잘못을 시인하는 모습을 자주 봅니다. 정치인, 연예인뿐 아니라 대부분의 인간은 자기 방어 속성이 있어서 문제 상황이 발생하면 본능적으로 거짓말부터 늘어놓습니다.

아이들의 거짓말에 화가 나지 않는 것도, 이처럼 대부분의 사람들은 정도의 차이가 있을 뿐 모두 거짓말을 하며, 특히 청소년기에는 더 많이 한다는 사실을 알게 되었기 때문입니다. 거짓말 했다고 지나치게 야단치거나 면박을 주면 더 큰 거짓말쟁이를 만들 수 있고 관계가 악화된다는 사실을 이제야 깨닫습니다.

거짓말하는 행위가 인간의 본능임을 인정하고 가끔씩 속아 주는 지혜도 필요합니다. 거짓말에 눈감아 준 것에 감사하여 다시는 거짓말하지 않았다고 고백하는 아이들도 많이 만났습니다. 자신을 이해해 주는 사람에게는 거짓말하기 어렵다는 사실을 떠올린다면, 거짓말을 하게 만든 자신에게도 책임이 있다고 볼 수도 있지 않을까요? 쥐를 쫓아도 도망갈 구멍을 두고서 쫓으라고 했으니까요.

켄트 케이스Kent M. Keith는 저서 《그래도Anyway》에서 이렇게 말했습니다.

"물에 빠진 사람을 구해 주면 보따리 내놓으라고 덤빌 수도 있다. 그래도 도움이 필요한 사람을 도와라. 사람들은 약자에게 호의를 베푼다. 하지만 결국 힘 있는 자의 편에 선다. 그래도 소수의 약자를 위해 분투하라. 사람은 논리적이지도 않고 이성적이지도 않고 게다가 자기중심적이다. 그래도 사람들을 사랑하라. 그래도 사람들을 사랑하라."

많은 부모님들이 남의 아들딸은 철이 든 것 같은데 우리 아이만 철들지 않은 것 같다고 말합니다. 천만에요, 그럴 리가요. 어느 집 아이나 모두 똑같습니다. 엄마 아빠 앞이니 어린양 부리고 투정하는 것이지요. '당신 남편(아내) 같은 사람이랑 살면 부러울 것이 없겠어요.'라고 말하면 돌아오는 대답은 '한번 살아보고 말하라' '한 달만 살아 보면 그런 말 못할 것이다' 아니던가요?

인간은 누구나 남들 앞에서는 철든 것처럼 행동하지만 자기 엄마 아빠 앞에서는 철들지 않게 행동한다는 사실을 알아야 진짜 철든 부모 아닐까요? 인간은 누구나 어리석고 못난 존재라는 사실을 인정해야 나이 먹었다고 할 수 있는 것 아닌가요? 그러니 우리가 해야 할 일이 하나 있습니다. '그래도'를 수시로 외치는 일이 그것입니다.

●●● 부모만이 해줄 수 있는 일들

밤에 학교에 남아 공부하고 교실 책상 위에서 잠을 잔 후 아침에 첫차를 타고 집에 가서 아침밥을 먹고 도시락 두 개를 싸 가지고 다시 등교했던 때가 있었습니다. 중학교 3학년 때였는데, 지금 생각하면 공부를 한 것이 아니라 공부를 핑계 삼아 친구들과 재미있게 놀았던 시간이었습니다.

하루는 일어나 보니 친구들이 등교를 하고 있었습니다. 늦잠을 잔 것이지요. 아침을 거른 채 수업을 들을 수밖에 없었는데, 1교시가 끝나자 어떤 친구가 어머니께서 교문에 와 계시니 빨리 나가 보라고 알려 주었습니다. 고마웠을까요? 아니지요. 중학교

3학년이었거든요. 고맙기는커녕 화가 났습니다. 초라한 어머니의 모습을 친구들에게 들켰다는 생각 때문이었지요. 외출복 한 벌 없으신 어머니, 초라한 몰골로 서 계실 어머니를 상상하니 분노와 원망의 마음이 불같이 일어났습니다.

'밥 한 끼 굶는다고 죽는 줄 아나? 창피한 줄도 모르고 학교까지 왜 오는 거야?'

교문 밖 멀찍이서 저를 향해 환하게 웃으며 서 계신 어머니를 향해 달려가 눈을 부라리며 소리를 질렀습니다.

"밥 한 끼 굶는다고 죽는 것도 아닌데 창피하게 학교까지 왜 왔어. 어서 돌아가!"

그러고는 어머니가 가져오신 도시락도 받지 않은 채 교실로 들어와 버렸습니다. 그래도 어머니는 어머니였습니다. 2교시를 마치고 책상 위에 엎드려 분노(?)를 삭이고 있을 때 누군가 제 책상 위에 도시락을 올려놓은 것입니다. 보자기에는 눈물인지 땀인지 모를 뜨거움이 묻어 있었지요. 다음 날 아침 집에 가서도 용서를 구하기보다 다시 한 번 더 짜증을 냈던 아들을 어머니는 아무 말 없이 감싸 주셨고 품어 주셨습니다.

시간이 흘러 다행히 조금은 철이 든 대학 4학년 학교 축제 첫날, 죄 씻음을 할 수 있는 마지막 기회라 여겨 부리나케 시골 어머니께 달려갔습니다. 교수님께서 오시란다는 거짓말로 억지를 부려 어머니를 모셔 와서는 캠퍼스 이곳저곳을 구경시켜 드리고 친구와 후배들을 붙들고 어머니께 인사하라 강요하기까지 하였습니다.

40여 년도 지난 철없던 중학생 때의 일이지만 생각할 때마다 등에 땀이 날 정도로 부끄럽습니다. 잘못한 일과 부끄러운 일이 어디 이것뿐이겠습니까? 그러함에도 이렇게 교단에 서고 또 사람들과 어울려 살아갈 수 있는 것은 어머니의 이해와 용서, 관용과 사랑 덕분인 것이 분명합니다. 못나고 못된 아들을 용서하고 품어 주신 어머니가 계셨기에, 어머니의 그 사랑과 믿음과 기다림이 있었기에 저는 지금 아이들의 잘못에도 미소 지으면서 '그럴 수도 있지' '그 나이 때에는 다 그렇지' '나도 그 나이에 그랬잖아' '나이 먹어 철이 들면 괜찮아질 거야'를 중얼거릴 수 있는 것입니다.

어머니는 단 한 번도 체벌이나 폭언이나 욕설을 하지 않으셨습니다. 공부 않고 싸돌아다니는 저에게 못마땅한 표정 한 번 짓지 않으셨고 야단치지도 않았습니다. 공부하라는 말씀도, 자식의 미래에 대한 걱정도 하지 않으셨습니다. 믿는다는 말, 잘 알아 보고 잘 생각해서 결정하라는 말씀이 전부였습니다. 저희 형

제들이 지금 부끄럽지 않게 살고 있음은 모두 어머님의 사랑과 용서와 믿음 때문이라고 생각합니다.

청소하려고 마음먹었는데 누군가 청소하라 시키면 하려 했던 청소도 하기 싫어지는 것이 인간이잖아요. 스스로 하고 싶을 때라야 잘할 수 있는 것이잖아요. 누군가의 간섭이나 강요에 의해 억지로 하는 일은 좋은 결과로 이어질 수 없습니다. 그렇기 때문에 가능하면 잔소리하지 말아야 하고, 조바심 나더라도 믿고 기다려 주어야 하는 것입니다. 즐거운 기분이어야 공부도 잘할 수 있기 때문이지요. 누군가와 다투고 난 후에 일이 제대로 되던가요? 기분이 좋지 않으면 몸으로 하는 일도 잘되지 않는데 머리로 하는 공부야 말해 무엇 하겠습니까. 간섭하지 않는 게 좋습니다. 간섭받지 않고 스스로 하고 싶을 때, 하고 싶은 만큼 해야 잘할 수 있습니다.

자녀 교육을 위해 무엇을 어떻게 해야 하는지 알려 달라는 학부모님들께 저는 아침밥 잘 먹이는 것, 늦게 자지 않도록 하는 것, 스스로 선택하도록 기회를 주고 그 선택에 대해 책임지도록 하는 것, 칭찬하고 격려하는 것, 믿어 주는 것, 기다려 주는 것, 간섭하지 않는 것이라고 말씀드립니다. 그러면 대부분의 학부모님들은 고개를 갸웃거립니다. 무관심이나 방관이 아니냐고 되묻는 분도 있는데 그렇지 않습니다. 오히려 아이를 자신감 넘치고 여유롭고 똑똑하고 행복하게 만드는 방법입니다. 실수하고 잘못을 저질렀을 때 야단치지 않는 것이 중요합니다. 용서하는 것이 야단치는 것보다 훨씬 훌륭합니다. 가르쳐 주고 지적하기는 하되 용서해 주는 것이 정답입니다.

부모의 역할은 무조건 사랑해 주고 용서해 주고 기다려 주는 것입니다. 엄마 아빠의 생각이나 감정을 이야기하더라도 아이들이 짜증과 분노를 느낄 정도로 일방적으로 전달하는 것은 바람직하지 않습니다. 아이들이 잔소리로 인식하면 나쁜 결과로 이어지기 때문이지요. 효과가 없을 뿐 아니라 서로 감정만 상하게 되어 관계만 나빠지고 예상치 못한 잘못된 일들이 일어날 수 있기 때문입니다.

어떤 고등학생 1학년 학생이 학급 친구들의 우윳값을 걷는 역할을 맡았다가 그중 적지 않은 돈을 군것질로 써 버렸답니다. 그일이 들통나서 학교에서 징계를 거론하며 부모님을 오시라 하자, 겁이 난 아이는 가출한다는 편지를 써 놓고 아침에 집을 나왔습니다. 마땅히 갈 곳이 없어 그냥 학교에 가서 교실에 앉아 있는데 누군가 교문 밖에 아버지께서 와 계시니 나가 보라고 일러 주었답니다. 레슬링 선수 출신의 아버지는 아무 말 없이 호주머니에서 돈을 꺼내 아들에게 건네고 조용히 되돌아 가셨답니다. 방과 후 두려운 마음으로 집에 갔는데 아버지, 어머니께서는 한 마디도 나무라지 않았답니다. 그 후 부모님을 위해 할 수 있는 일이 공부라는 것을 깨달았다고 합니다. 학교를 방문하여 특강을 하였던 어느 교수님의 고백입니다.

부모란 어떤 존재여야 하는가 생각해 봅니다. 아이들이 어렸을 때 했어야 할 고민을 어리석게도 아들딸이 제 품을 떠난 다음에야 합니다. 이제라도 생각하는 것을 다행이라 여기며 생각하고 또 생각합니다. 용서해 주고 따뜻하게 보듬어 주는 일이 부모의 역할이라는 결론을 얻습니다. 용서해 주고 따뜻하게 보듬어 주는 역할은 다른 사람은 할 수 없고 오직 부모만 할 수 있습니다.

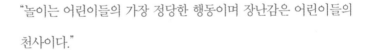

● ● ●　학원에 안 가면 놀 친구가 없다고요?

"놀이는 어린이들의 가장 정당한 행동이며 장난감은 어린이들의
천사이다."

중국의 소설가 루쉰魯迅의 수필 〈연〉에 나오는 문장입니다. 루
쉰은 우연히 외국 책에서 이 구절을 읽고 자신의 어리석음을 반
성하게 되었다고 고백하였습니다. 루쉰이 어린 시절 동생의 연
을 부숴 버린 적이 있는데 그 이유가 연을 만들고 날리는 일은
못난 아이들이나 하는 유치한 일, 할 일 없는 아이들이나 하는
놀이라고 생각했기 때문이라고 하였습니다.

아무 가치 없는 일이라 여겼던 놀이가 특히 어린이들에게는

가장 정당한 행동이고, 아이들이 갖고 노는 장난감이 어린이들에게는 천사와 같은 존재라는 구절은 저에게도 큰 깨달음으로 다가왔습니다. 노는 것을 나쁜 일로만 여기고 장난감을 쓸모없는 물건이라고 큰 소리 친 것에 대해 아들딸에게 용서를 빌고 싶어졌습니다.

그러고 보니 옛날 우리 부모님들은 아이들이 빈둥거리며 놀아도 크게 나무라지 않았습니다. 연 날리러 나가는 아이에게 쓸데없는 일을 왜 하냐고 꾸중하지 않았고, 술래잡기와 고무줄놀이에 열심인 아이들에게 그 따위 짓 하지 말라고 혼내지 않았으며, 아이들끼리 어울려 구슬치기 딱지치기를 할 때도 시간 낭비 하지 말라고 야단치지 않았습니다. 골목에서 시시한 놀이를 해도 공부하라 닦달하지 않으셨고, 아이들끼리 싸움질을 하더라도 아이들은 싸우면서 크는 것이라며 대수롭게 여기지 않았습니다.

아이들은 놀아야 합니다. 노는 것은 시간 낭비가 아니라 에너지를 축적하는 과정이며, 그 자체가 삶의 목적입니다. 인간은 공부하기 위해, 일하기 위해 태어난 존재가 아니라 놀기 위해 태어난 존재입니다. 충분한 수면이 필요한 것처럼 충분하게 노는 시간도 절대 필요한데 어린아이에게는 더더욱 그렇습니다.

학교 운동장이나 마을 골목에서 아이들의 왁자지껄 떠드는 소리가 사라진 지 오래입니다. 한창 뛰어놀아야 하는 아이들의 모습이 보이지 않음은 서글픈 일입니다. 요즘 아이들은 무척 바쁩니다. 운동할 시간도 놀 시간도 생각할 시간도 없습니다. 생각할 시간이 없는데 어떻게 사고력 향상을 기대할 수 있을까요?

학교에서 1교시부터 7교시까지 꽉 채워서 수업하지 말고, 중간중간 놀 시간, 자유 시간, 생각할 시간을 주면 좋겠습니다. 인간의 집중력은 20분을 넘기기가 힘들다고 하니까 수업 시간 중간에 놀 시간을 주어도 좋습니다. 하루 한두 시간 정도 자유 시간을 주면 안 되는 이유가 무엇인지 묻고 싶습니다. 운동하고 싶은 아이 운동하게 하고, 노래하고 싶은 아이 노래하게 하고, 잠자고 싶은 아이 잠자게 하는 일이 왜 어려운지 알고 싶습니다. 학교는 즐거운 곳이어야 하는 것 아닌가요? 자유가 마냥 좋은 것은 아니지만, 자유가 없는 곳에서는 즐거움도 생겨나지 않을 것이고 즐거움 없이 제대로 된 교육도 어려운 것 아닌가요?

선택의 기회가 전혀 없는 아이들, 고민할 필요가 거의 없는 아이들에게 선택하고 고민할 시간을 주면 좋겠습니다. 조용하고 얌전하고 순종하는 것이 좋다는 편견에서 벗어나면 좋겠습니다. 시끌벅적도 필요하고 자신의 생각을 표현하는 일도 중요하며 비판적 시각을 갖는 일도 중요하니까요. 시간을 주고 기회도 주어야 합니다. 아이들은 놀아야 합니다. 아이들의 권리니까요. 아이들이 마음껏 놀도록 시간을 주면 좋겠습니다. 잘 노는 아이가 일도 잘하니까요. 인간은 즐겁게 놀기 위해서 태어났으니까요.

토요일 오전, 우리 학교 운동장에서는 유소년 축구교실이 진행됩니다. 유치원생과 초등학생들이 제법 어울리는 유니폼을 입고 공을 차는데 몸동작에도 목소리에도 행복이 묻어납니다. 몸풀기 운동부터 드리블 연습, 미니 게임까지 한 시간 넘게 이어지는 활동은 행복 그 자체입니다. 아이들의 몸놀림이나 표정, 내뱉는 소리까지 어느 것 하나에도 불편함이나 짜증이 묻어 있지 않습니다. 오직 행복만이 가득하며 그 기운이 운동장을 둘러싼 풀과 나무와 꽃들을 충만하게 감싸고 돕니다.

아이들의 운동하는 모습을 지켜보는 엄마, 아빠의 눈동자에도 대견함과 흐뭇함이 섞인 기쁨이 녹아 있습니다. 교무실 유리창으로 그 광경을 바라보는 저에게까지 행복이 전달됩니다. 공을 차는 아이들의 벅찬 즐거움에 박수를 보내 줍니다. 그 어떤 그림보다도 예쁜 그림, 그 어떤 음악보다도 아름다운 아이들의 재잘거림과 고함 소리가 저를 행복으로 인도합니다.

남녀노소 모두가 운동장으로 나와서 뛰고 함성도 지르면서 행복을 만들어 가면 좋겠습니다. 유명 관광지를 여행하는 것도 행복이고 가까운 산에 올라가는 것도 기쁨이겠지만, 가까운 학교 운동장에서 가족 모두가 함께 뛰면서 땀 흘리는 스포츠 활동은 여행이나 등산에서 맛볼 수 없는 또 다른 기쁨일 것입니다. 컴퓨터, 텔레비전, 스마트폰에 빠져 헤매는 아이들의 몸 건강과 마음 건강을 바로잡는 데 운동보다 더 좋은 방법은 없을 것이라는 생각을 해 봅니다.

학원에 보내지 않으면 함께 놀 친구가 없어 어쩔 수 없이 학원에 보낸다는 학부모들이 있습니다. 맞는 말 같지만 사실 핑계에 불과합니다. 혼자 놀다 보면 누군가 찾아와 함께 놀자 할 것이고, 두리번거리다 보면 함께 놀 친구를 만날 수 있을 것이니까요. 집에서 혼자 노는 것도 괜찮은 일입니다. 학교 도서관이나 지역 공공도서관에서 책과 친구할 수도 있지요.

물론 남 하는 대로 따라하면 마음은 편하겠지요. 그런데 부모 맘 편하자고 아이들의 행복을 빼앗아서는 안 되는 것 아닌가요. 부모님의 헛된 욕심 때문에 아이를 학원에 보내면서 함께 놀 친구가 없어서라고 이야기하는 것이나, 남들이 시키니까 불안해서 시킨다고 하는 것은 핑계나 변명에 불과합니다. 잘 알다시피 법에 규정된 하루 근로 시간은 8시간이고 주말에도 쉬어야 합니다. 그런데 우리나라는 고등학생뿐 아니라 초등학생들도 보통 10시간, 많으면 16시간 동안 공부하고 토요일 일요일에도 공부합니다. 비정상이지요.

공부를 시키지 말자는 말이 아닙니다. 우리 아이들에게 휴식이 필요하다는 이야기입니다. 정규 수업 시간에 공부하는 것이 아이들의 의무라면, 나머지 시간은 의무가 아닌 선택이어야 한다는 이야기입니다. 노는 것은 아이들의 권리라는 말을 우리 모두가 자주 중얼거릴 수 있다면 좋겠습니다.

••• 집안일을 시키세요

2015년 3월 미국의 《월스트리트저널》에 흥미로운 기사가 실렸습니다. 미국 미네소타대학의 마티 로스만 교수가 어린이 84명의 성장 과정을 추적 분석한 결과 "서너 살 때부터 집안일을 도운 아이들이 가족은 물론 친구들과 관계가 좋을 뿐 아니라 학문적, 직업적으로도 성공한 것으로 조사됐다"는 내용이었습니다.

어릴 때부터 청소나 심부름 같은 허드렛일을 많이 한 아이가 그렇지 않은 아이들에 비해 성공적인 삶을 일군다는 이야기에 고개 끄덕일 수 있으면 좋겠습니다. 집안일을 맡기면 책임감과 자신감이 커질 뿐 아니라 사고력과 통찰력도 커져 삶에 도움이 된다는 이야기에 맞장구칠 수 있으면 좋겠습니다. 집안일 참여가 성장에 미치는 영향을 분석한 연구 결과는, 청소와 심부름이 공부할 시간을 빼앗고 아이들의 자존감을 떨어뜨린다고 생각하는 우리 부모들에게 시사하는 바가 매우 큽니다.

마을 공동 우물에서 물을 길어다가 취사를 했던 시절, 초등학교 2,3학년이었던 저에게 주어진 임무는 우물에서 물을 길어다가 부엌 항아리에 채우는 일과 집안 청소하기였습니다. 어린이로서는 버거울 수 있는 임무였지만 그 일은 제게 짜증나고 힘든 노동이었다기보다는 나도 한 몫을 하고 있다는 뿌듯함과 보람과 즐거움이었습니다. 4학년이 되면서부터는 낫을 들고 망태기를 메고 들에 나가 소에게 먹일 풀을 베어 와야 했는데, 그 경험들은 훗날 삶의 과정에서 어려움에 부딪쳤을 때 그것을 극복할 수 있는 원동력이 되어 주었습니다.

제가 아는 유치원 원장님은 예닐곱 살 꼬맹이들에게 감자나 고구마를 캐는 노작 교육을 하고 연탄 나르는 봉사 활동도 시킨답니다. 그런데 '그 어린 꼬맹이들이 어떻게?'라는 걱정이 무색할 만큼 아이들은 신나고 재미있게 거뜬히 그 일들을 잘 해낸다고 하네요. 그런데 오늘날의 대다수 아이들은 어떠한가요? 첫째도 공부요 둘째도 공부입니다. 아이들 손에 흙을 묻히고 이마에

땀이 흐르도록 하는 일은 공부를 방해하고 안전을 위협하는 몹쓸 짓이라고 여깁니다. 해서는 안 되는 일을 넘어 죄악으로까지 생각하는 사람들도 많습니다. 노동의 가치를 인정하지 않고 아이들을 곱고 연약하게만 키우려 합니다. 영어 단어를 외우고 수학 문제 푸는 일은 가치 있는 일이지만, 땀 흘려 일하는 것은 시간 낭비 또는 해서는 안 되는 일이라고 생각합니다.

이렇게 공부만 강요당한 채 곱게만 키워지고 있으니 열여덟, 열아홉 살 청년들이 할 줄 아는 일이 별로 없습니다. 새로운 일에 도전하는 것은 물론이고 청소하는 것조차 두려워합니다. 의견을 물으면 엄마에게 물어보아야 한다고 답합니다. 공부를 위해 모든 것을 포기하고 있지만 정작 공부를 잘하는 것도 아닙니다. 학교에서 학원에서 독서실에서 많은 시간을 보내고 있지만, 지식도 지혜도 20~30년 전 같은 또래 청소년들보다 많이 뒤처져 있습니다.

'젊어서 고생은 사서도 한다'는 속담을 빌릴 필요도 없이, 곱게 자란 아이보다 고생하면서 자란 아이가 철이 빨리 든다는 것은 삶의 연륜이 있는 사람이라면 누구라도 수긍하는 사실입니다. 진정 자녀가 올바르게 자라서 멋진 시민으로 성장하기를 원한다면 청소와 심부름 같은 집안일 돕기나 몸으로 땀 흘려 일할 기회를 주는 데 주저해서는 안 됩니다. 한 가지 주의할 점은 집안일을 벌칙으로 시켜서도 안 되고, 집안일 한 것에 대해서 어떤 보상도 해서는 안 된다는 점이지요. 가족 구성원으로서 당연히 해야 할 일을 한 것임을 확실하게 인식시켜 주어야 합니다.

4년 전 봄, 여느 해처럼 새 학기가 시작되었고 춥다고 투정 부리며 움츠리고 있는 사이에 봄이 우리 곁에 다가와 있었습니다. 온갖 생명들이 겨우내 꽁꽁 얼어 있던 대지를 뚫고 연약하지만 강인한 싹을 틔워 올리고, 나뭇가지는 꽃을 피우고 열매를 만들어 낼 준비하는 그때, 학생들과 함께하는 농촌 봉사활동 계획을 세웠습니다. 아이들에게 봉사활동다운 봉사활동을 경험하도록 해 주고 싶은 마음, 진정 배움의 시간이 되는 봉사활동의 기회를 갖도록 해 주고 싶은 마음에서였지요.

시내버스가 닿을 수 있는 곳의 주민자치센터에 전화를 걸어 담당자에게 완주군 이서면 신지산 마을의 배나무 과수원을 소개받았습니다. 농장 주인 아저씨께서는 얼굴 가득히 미소를 띠면서 저와 학생들을 반갑게 맞아 주었습니다.

학생들에게 맡겨진 임무는 자그마한 호미 모양의 기구를 이용하여 배나무 껍질을 벗겨 내는 일이었습니다. 고개를 갸우뚱하는 학생들에게 농장 주인 아저씨께서는 친절하게 설명을 덧붙여 주었습니다. 오래된 나무는 껍질이 부르트는데 부르튼 껍질 사이와 나무에 낀 이끼 사이에 병원균과 벌레가 서식하니 농약이나 영양제를 살포할 때 효과를 높이기 위해 2년에 한 번 정도 껍질을 제거해 주어야 한다는 것이었습니다. 설명을 들은 고 3 아이들은 고맙게도 옷을 벗어 부치고 나무의 거친 껍질과 이끼를 열심히 벗겨 내기 시작했습니다.

대학 입학 조건 중 하나인 봉사활동 시간을 채우기 위해 시작한 일이었지만, 그 시간을 통해 아이들은 교실에서 책과 씨름하느라 지친 마음도 풀고 신선한 봄의 향기도 맡으며 농부들의 수고로움을 조금이나마 체험할 수 있었습니다. 한 개의 과일이 입안에 들어가기까지 얼마나 많은 땀방울이 필요한지, 얼마나 고된 노동과 수고로움이 필요한지를 생생하게 느꼈을 것입니다. 교실에서는 깨달을 수 없는, 책으로는 배울 수 없는 것들을 배웠을 것입니다.

아이들이 일하는 모습을 바라보면서 보람이 밀려 왔습니다. 교실에서 가르친 것 이상의 큰 가르침을 주었다는 자랑스러움, 좀처럼 하기 어려운 신선한 경험을 할 수 있는 기회를 주었다는 뿌듯함이 그것이었습니다.

'들판의 풀은 자라기만 하면 강하게 자란다'는 말이 있습니다.

부모님들이 기쁜 마음으로 아이들을 온실에서 들판으로 내놓아야 하는 이유입니다. 온실 속 화초는 성장한 뒤 척박한 외부 환경을 이겨 낼 수 없습니다. 마찬가지로 시련과 고통을 겪지 않고 자란 사람은 연약하며 향기를 내뿜지 못합니다. 그렇기 때문에 부모의 역할은 자녀가 어려움에 부딪힐 기회를 주고, 그 고통을 이겨 내려 노력하는 모습을 옆에서 지켜보며 응원하는 것이어야 합니다. 어려운 일을 대신 해 주고 싶은 마음을 꾹 참아야 하고 괴로움에 머리를 쥐어뜯는 모습을 미소 지으면서 바라볼 수 있어야 하는 것입니다.

실력 있는 피아니스트가 박수 받는 것이 당연한 일이듯, 실력 있는 피아니스트가 되기 위해 땀 흘려 노력하는 것 또한 지극히 당연한 일입니다. 노력 없이는 실력 있는 피아니스트가 될 수 없습니다. 축구 선수 박지성과 발레리나 강수지의 일그러진 발, 레슬링 선수의 찌그러진 귀를 보신 적이 있으시지요? 소설《혼불》의 작가 최명희는 '손가락으로 바위를 뚫어 글씨를 새기는 것만 같다'고 고백하기도 했습니다.

더 중요한 것은, 땀 흘리는 과정이 미래의 행복을 만드는 데 꼭 필요한 일일 뿐 아니라, 현재의 행복을 만드는 일이기도 하다는 사실입니다. 온실 속 화초는 성장 이후는 물론 온실 안에서 자라는 그 시간에도 사실은 행복하지 못합니다. 축구 선수의 고된 훈련이 미래의 행복을 위한 과정만은 아니라는 사실을 알아야 합니다. 훈련하는 그 순간에도 희열을 느낀다는 말입니다. 자신의 한계까지 밀어붙이는 극한의 노력은 자신의 모든 힘을 쏟아 부은 자만이 느낄 수 있는 희열입니다. 결과와 상관없이 과정에서 느낄 수 있는 성장과 발전의 기쁨을 부모라는 이유로 빼앗아서는 안 되는 것이지요. 부모님들은 아이가 쉽고 편하게 얻을 수 있도록 도와준다고 하지만 사실 그것은 도와주는 것이 아니라 아이를 바보로 만드는 일입니다.

아들이 훌륭한 축구 선수가 되길 원한다면 땀 흘리며 헉헉거리면서 기진맥진하는 모습을 흐뭇한 마음으로 바라볼 수 있어야 합니다. 만약 바라볼 수 없다면 그 자리를 피하는 것이 현명하고요. 아이를 믿고, 세상을 믿고 맡겨야 합니다. 진정으로 자식을 사랑한다면 고생할 기회, 쓰러진 이후에 다시 일어설 수 있는 기회, 스스로 극복한 이후에 미소 지으며 땀 닦을 수 있는 기회를 주어야 합니다.

덧붙이고 싶은 이야기가 있습니다. 자연 치유력이 그것인데요, 우리 학교 보건 선생님은 작은 상처에는 연고를 바르지 않는 것이 좋다고 하시더군요. 인간에게는 자연 치유력이 있기 때문

이랍니다. 몸만 자연 치유력이 있는 게 아니라 마음에도 자연 치

유력이 있음을 아이들을 보면서 확인하곤 합니다.

••• 아이들에게 실패할 기회를

　　　　　　　　　　추석 전날 밤에 아홉 명의 제
자가 찾아왔습니다. 부모님을 찾아왔다가 의기투합한 모양인데,
졸업한 지 10년이 지나 직장인이 되었고 두 명은 결혼도 하였지
만 제 앞에서는 여전히 아이들이었습니다. 옛이야기를 하며 웃
고 떠들다가 한 제자가 웃으면서 학창 시절 저의 비리를 폭로하
겠다고 하였습니다. 비리가 있을 수 없다는 자신감 위로 불안이
살짝 덮쳐 왔는데 체육대회 때의 이야기를 꺼내더군요.

　체육대회 농구 경기에서 자기가 열심히 뛰고 있는데 선생인
제가 힘들지 않느냐고 묻더랍니다. 우리 반이 이기고 있었고 본
인도 최선을 다해 열심히 하고 있었으며 그다지 힘들지도 않았

기에 괜찮다고 답했음에도 재차 묻더니 결국 자기에게 나오라고 했답니다. 그러고는 선생인 제가 들어가 선수로 뛰었는데 실수를 연발하고 슛도 모두 실패해서 결국 우리 반이 패배하고 말았다는 이야기였습니다.

제 기억 어느 곳에도 없는 사건이 그 제자에게는 아픈 기억으로 남았던 모양입니다. 젊은 시절 학교 체육대회 때 아이들과 함께 뛴 적이 몇 번 있는데, 실력이 뛰어나서가 아니라 학생들과 함께하고 싶었기 때문이었습니다. 그런데 어느 순간, 선생인 내가 뛰게 되면 한 명의 학생이 뛸 기회를 잃는다는 사실을 깨달았고, 그 이후에는 뛰고 싶은 마음을 억눌렀습니다. 승리의 기쁨도 패배의 아픔도 모두 아이들의 몫이고, 웃고 울고 다투고 용서하면서 배우고 성장해야 할 대상도 아이들임을 뒤늦게 깨달은 것이지요.

제가 몸담고 있는 학교에서는 오래전부터 체육대회도 축제도 아이들이 기획하고 진행합니다. 그래도 문제가 일어나기는커녕 모두 신나고 재미있는 한마당을 훌륭하게 만들어 내곤 합니다. 학생들끼리 심판을 보게 하여도 다툼 없이 경기를 마무리하고, 기획에서 연출까지 모두 맡겨도 축제는 신명이 넘칩니다. 그런 모습을 보면서, 가르치는 것보다 스스로 할 기회를 주는 것이 진정한 교육임을 깨닫게 되었습니다. 스스로 깨닫고 성장해 가도록 기다리고 도와주는 것이 진정한 교육임을 시간이 흐를수록 절실히 느끼고 있습니다.

요즘 어른들이 저지르는 잘못 중 하나는 '아이들에게 기회를 빼앗는 일'입니다. 많은 부모들이 중학생 고등학생 자녀들을 아직 어리다 여기고 혼자 할 수 없다 말하면서 판단도 행동도 대신해 줍니다. 아이들 스스로 충분히 할 수 있는 일임에도 하지 못할 것이라고 지레짐작하여 대신 해 주고 있습니다. 아무 근거도 없이 아이들이 하면 망칠 것이라 걱정하면서, 아이들이 누려야 할 성취감과 자신감뿐 아니라 능력까지도 빼앗아 버립니다. 바보 만드는 일임을 알지 못하고 사랑이라고 이야기하면서 성장할 수 있는 기회를 박탈해 버리고 있습니다. 아들딸이 해야 할 아주 사소한 일까지 챙겨 주면서 스스로 훌륭한 부모라는 착각에 빠집니다. 중고등학생 때 심부름 한 번 시키지 않고 대학생이 되어도 스스로 옷 사는 것을 허락하지 않습니다. 그 아이들이 대학을 졸업하고 직장에 들어갔을 때 어떤 일이 벌어질까요? 작은 일 하나 처리하는 것도 버거워하고 사소한 선택을 할 때조차 엄마를 찾는다면 그 책임은 누가 져야 하는 것일까요?

누에고치에서 나방이 나오는 것을 지켜보던 어떤 사람이 안쓰러운 마음에 가위로 고치의 구멍을 키워 주었답니다. 덕분에 나방은 수월하게 고치에서 나왔겠지요. 하지만 나방은 얼마 날지 못하고 조금 퍼덕거리더니 이내 죽어 버리고 말았답니다. 나방은 고치에서 힘들게 빠져나오는 과정에서 혈액순환이 이루어져 영양분이 온몸에 전달되고 각 신체 부위가 단단해지는데, 그런 과정 없이 넓은 구멍으로 쉽게 빠져나왔으니 제대로 날 수 없었던 것이지요. 사자는 자기 새끼를 일부러 낭떠러지에서 밀어 떨어뜨린다는 이야기도 들어 보셨을 겁니다. 새끼 스스로 올라오도록 훈련시키고 혼자 힘으로 위기를 극복하도록 단련시켜서 강한 사자로 키우기 위해서라고 하지요. 고통을 견뎌 낼 힘을 키우지 못하면 약육강식의 질서가 지배하는 정글에서 맹수의 왕으로 살아갈 수 없을 테니까요.

자녀를 진심으로 사랑한다면 자녀에게 다양한 기회를 주어야 합니다. 다양한 경험을 통해 스스로 성장할 수 있도록 도와야 하고, 그 과정에서 깨달음의 기쁨을 맛보고 성취감을 느낄 수 있도록 도와주어야 합니다. 인간은, 특히 아이들은 우리가 상상하는 것 이상의 능력을 가지고 있으니까요.

지식 전달만이 교육의 전부가 아님을 알게 되면 좋겠습니다. 지식의 중요성이야 더 말할 필요가 없지만, 다양한 경험을 하도록 기회를 주는 일 또한 지식 전달 못지않게 중요하다는 것을 인정하면 고맙겠습니다. 다양한 경험을 통해 자신의 특기와 적성을 깨닫고 진지하게 자신의 진로를 고민하고 탐색할 기회를 주는 것이 올바른 교육이니까요.

살아가면서 반드시 필요한 자질 중 하나가 사람에 대한 이해인데, 그 사람이 하는 일을 직접 경험하는 것만큼 효율적인 방법은 없습니다. 어렸을 때 농사일을 도왔던 경험이 농촌과 농민에 대한 이해로 이어지고, 배고픔의 경험이 가난한 사람에 대한 이해로 확장될 수 있습니다. 사회에 나아가 직장 생활을 시작한 뒤에는 하기 어려운 다양한 경험을 학창 시절에 할 수 있도록 도와주는 것은 더불어 사는 사회를 만들어 가는 데 꼭 필요한 어른들의 책무랍니다. 다양한 체험은 진로 선택에 도움을 줄 뿐 아니라 건전한 인격 함양, 삶의 질 향상을 위해서도 반드시 필요한 일입니다.

'백문불여일견百聞不如一見, 백견불여일행百見不如一行'이라고 하였습니다. 백 번 듣는 것이 한 번 보는 것만 같지 못하고, 백 번 보는 것이 한 번 행하는 것만 같지 못하다는 말이지요. 직접 경험해야 확실히 알 수 있고 지혜도 생긴다는 이야기입니다. 그래서 저는 친절한 선생이기를 포기한 지 오래입니다. 스스로 할 수 있도록 기회를 주고 기다려 주는 선생이 더 훌륭한 선생이고, 많이 가르쳐 주기보다 스스로 깨우치도록 도와주는 것이 진정한 교육이라 생각하기 때문이지요. 잘못과 실수에 대해 야단치기보다 도전했음을 칭찬해 주고, 도전하는 아이에게 엄지손가락을 치켜세워 주면 좋겠습니다.

●●● 　믿어 주고, 기다려 주고

　　　　　　　　　　　　　　　모악산 등반을 마치고 내려오
는 길에 아이스크림을 사기 위해 가게에 들어갔는데 맘에 쏙 드
는 등산복이 있었습니다. 가격도 저렴하여 구입하고 싶었지만
지갑을 가져오지 않았음을 확인하고 그냥 돌아서려 했는데, 가
게 주인이 집에 가서 통장에 입금시켜 주어도 괜찮다면서 선뜻
물건을 건네 주는 것이었습니다. 시골 장터에서도 비슷한 경험
을 한 적이 있었는데 그때 나를 믿어 준 것이 고마워 집에 돌아
오자마자 부리나케 입금을 했습니다. 성경은 "믿음, 소망, 사랑
이 세 가지는 항상 있을 것인데 그중에 제일은 사랑"이라고 이야
기하지요. 저는 오랫동안 이 구절에서 사랑의 중요성만을 읽었

었는데 얼마 전에야 '믿음'과 '소망'도 '사랑'에 버금갈 만큼 중요한 메시지라는 사실을 깨달았습니다.

그렇습니다. '믿음'은 행복의 근원입니다. 행복은 믿음으로부터 나옵니다. 저는 자라면서 아버지 어머니께 '정말이냐?'라는 말을 들어 본 적이 없습니다. '거짓말하면 혼난다'는 다그침을 받지 않은 것은 지금 생각해도 참으로 감사한 일입니다. 그래서일까요. 저 역시 아내나 아들딸을 향해서 '정말이니?' '거짓말 아니지?'라며 확인한 적이 없습니다.

믿음이 배신으로 돌아온 적이 왜 없었겠습니까? 믿었다가 낭패 본 경우가 어디 한두 번이었겠습니까? 믿음이 최선의 방법이 아님을 알면서도 믿음이 필요하고 중요하다고 외치는 이유는 믿음이 아름다운 관계를 유지하도록 해 주고 서로에게 평안함과 행복을 준다고 생각하기 때문입니다.

자녀 교육에 대해 고민하는 부모님들에게 믿음이 최선의 교육이라고 힘주어 말씀 드리고 싶습니다. 부모의 믿음에 보답하기 위해 노력하는 아이들을 많이 보았고, 부모가 믿어 주지 않아 엇나가는 아이들을 많이 만났기 때문입니다. 믿어 주는 사람에게는 고마움을 느끼고 믿어 주지 않은 사람에게는 미움의 감정과 더불어 골탕 먹이고 싶은 마음이 드는 것이 인지상정임을 말해 주고 싶습니다.

　믿음은 행복의 또 다른 이름입니다. 그렇습니다. 믿어야 행복할 수 있습니다. 믿음이 없다면 어떻게 버스를 타겠으며, 믿음 없이 어떻게 음식점의 음식을 먹을 수 있겠으며, 믿음이 없는데 어떻게 은행에 돈을 맡기고 편안하게 잠들 수 있겠습니까? 믿음이 있기에 평안할 수 있고 행복할 수 있는 것이지요. 믿음이 없다면 불안과 공포 속에 불행한 하루하루를 보내야 할 겁니다. 그렇습니다. 믿어야 행복할 수 있습니다. 자신을 믿어야 하고 자녀를 믿어야 합니다. 인간은 믿음에 보답하는 동물이기 때문입니다. 믿었다가 뒤통수 맞고 발등을 찍힐 수도 있겠지만, 구더기 무서워도 장은 담가야 하듯 후회할 때 후회하고 손해 볼 때 손해 보더라도 최소한 가족만큼은, 내 아이만큼은 믿어야 합니다. 부모가 믿음을 가지고 포기하지 않으면, 부모가 믿고 기다려 주면 아이는 반드시 그 기대에 부응해 줄 것이기 때문입니다.

　언제 기분이 좋았고 언제 신이 났는지 기억하시나요? 누군가가, 특히 나와 가까운 누군가가 나를 믿고 기다려 주었을 때 아니던가요? 나의 잘못 없음을 믿어 주면 기쁘고 힘이 솟구치고 행복하지 않았나요? 거짓을 말하였음에도 믿어 줄 때에 잘못과 거짓을 고백하고 싶었던 경험 없으신가요? '기대한다' '믿는다'

'넌 할 수 있을 거야'라고 진심으로 이야기해 주었을 뿐인데, 특별히 더 가르쳐 주고 따로 지도하지도 않았는데도 놀라운 성적 향상을 보여 준 학생들을 여럿 보았습니다. 믿음이 아이를 변화시킨 것이지요.

물론 기다려 주는 것이 쉬운 일은 결코 아닙니다. 그런데 쉽지 않기 때문에 더 소중한 것 아닐까요? 누군가 나를 믿고 기다려 준다는 것은 정말 신나는 일이고 힘 솟는 일입니다. 기다림은 행복을 만들고 그 행복이 성장의 바탕이 되는 것입니다.

믿음이 중요한 이유 중 하나는 소망을 고양시키기 때문입니다. '소망'은 바라는 바를 일컫지요. 소망이 있어야 신이 나고 소망이 있어야 행복하며 소망이 있어야 무슨 일이든 열심히 할 수 있습니다. 소망은 에너지를 만들어 냅니다. 소망 있음은 기쁨이고 소망 없음은 불행 그 자체입니다. 중요한 것은 소망은 자신이 만드는 것이지 남이 만들어 줄 수 있는 것이 아니며, 만들어 주이시도 안 된나는 것입니다.

앞에서 말한 바 있는 유치원에서는 유치원생들에게 줄 서기 지도를 하지 않는다고 합니다. 처음 얼마 동안은 어수선하고 새치기하는 아이들도 있지만 시간이 지나면 스스로 질서를 만들어 간다고 하더군요. 아이들 사이에 사소한 다툼이 일어나더라도 교사들이 나서서 지도하기보다는 가능한 한 아이들끼리 해결하도록 하는데, 이 역시 스스로 해결하는 능력을 키워 주기 위해서라고 합니다. 또한 현장학습을 계획한 날에 비가 오더라도 예정된 행사를 취소하거나 연기하지 않고 눈비를 맞으면서 행사를 진행한다고 하는데, 상황에 따라 약속을 지키지 않아도 되고 어려움에 부딪혔을 때 포기해도 괜찮다는 생각을 심어 주지 않기 위해서랍니다. 어렸을 적 어른들의 간섭이나 도움 없이 규칙을 정하고 질서를 잡아 가며 재미있게 놀면서 맡은 바 일을 해냈던 기억을 꺼내 본다면 좋을 것 같습니다.

모든 아이들은 각자 자신만의 능력을 갖고 있습니다. 그 능력을 어떻게 발현시키느냐가 문제인데, 아이 스스로 할 수 있다면 좋겠지만 그렇지 못하다면 부모나 교사가 도와주어야 합니다. 어떻게요? 가장 좋은 방법은 물론 믿음과 칭찬과 격려이지요. 인간은 누구나 기적을 이룰 수 있는 엄청난 에너지를 갖고 있음을 누구보다 먼저 부모가 믿어야 하고 그 믿음을 바탕으로 칭찬해야 하며 거기에 격려가 뒤따라야 합니다.

간섭하는 부모와 방임하는 부모 중 어느 쪽이 더 나은지 묻는다면 방임하는 부모가 더 낫다고 분명하게 답하겠습니다. 방임이 좋다는 뜻이 아니라 간섭이 그만큼 좋지 않다는 말입니다. 간섭한다는 것은 믿지 못한다는 또 다른 이야기니까요. 진정으로 자녀를 사랑한다면 자녀를 위해 무엇인가를 해 주지 않는 것도 지혜입니다. "그래, 혼자서도 잘했잖아, 진짜 잘했다, 진짜 멋있었어. 엄마 아빠는 잘할 거라고 믿고 있었어"로 충분하다는 이야기입니다.

　진정한 교육은 믿음으로 기다려 주는 일입니다. 그렇기 때문에 가르치려 하지 말고, 강요하지 말고, 하고 싶은 대로 하도록 내버려 두어야 합니다. 교육에서 가장 중요한 것은 사랑이고, 절대적인 믿음이며, 자녀와 함께 소망을 가지는 일입니다. 사랑의 마음으로 믿음을 가지고 소망을 쫓아가게 되면 언젠가 반드시 꿈은 이루어질 것입니다. 중요한 것은 믿음입니다. 믿음이 아이를 성장시킵니다. 인간은 믿음에 보답하고 싶어 하는 존재입니다.

● ● ●   남들도 다 그렇게 한다고요?

비행기가 멈추는 순간 열에 일곱 정도의 사람들이 일어섭니다. 엉거주춤한 자세로 서서 10분 정도 한 발자국도 움직이지 못합니다. 성질이 급해서일까요? 새치기해서 빨리 빠져나가는 사람이 없는 것으로 보아 그 때문은 아닌 것 같습니다.

부화뇌동附和雷同입니다. 짐 찾는 곳에서 또 기다려야 함을 모르지 않을 텐데, 비행기에서 일찍 내린다고 공항을 빨리 빠져나가는 것이 아님을 알면서도 비행기가 멈추자마자 일어서는 것은 다른 사람이 일어서니까 따라 일어서는, 다른 사람과 같이 생각하고 행동하려는 강박관념 때문이라고밖에는 설명할 방법이 없습니다.

무단횡단할 생각이 없었는데 남들이 무단횡단하면 따라서 무단횡단하고, 옆 차가 과속하니까 바쁘지도 않은데 덩달아 속도를 높입니다. 남들이 '예' 하니까 옳은지 그른지 생각도 하지 않고 '예'라고 대답합니다. 소중한 권리인 투표권을 행사할 때도 '따라쟁이' 행동을 합니다. 뽑을 후보가 없어서 차선을 선택했노라 변명하지만 생각 없이, 따져 보지 않고, 남들 하는 대로 투표하는 경우가 많습니다.

남들을 따라 하면 생각하지 않아도 되니 편하고, 남들과 똑같이 하면 잘못되어도 덜 창피하며, 남들 하는 대로 하면 모나지 않아 정 맞을 걱정은 하지 않아도 되겠지요. 저 역시 지금까지 부화뇌동의 삶, '따라 하기'의 삶을 살아왔음을 고백합니다. 관계가 어색해질까 두려워 동의하기 어려운 말에도 맞장구를 쳐 주었고, 좋은 게 좋다는 생각으로 내게 크게 손해되는 일이 아니라면 싫어도 좋은 척하곤 했습니다. 남이 새치기하는 것을 보고 죄의식 없이 새치기하였고, 잘못한 학생을 용서해 주고 싶었지만 다른 선생님이 야단치고 벌주니 따라서 야단치고 처벌한 적도 많았습니다.

부모님들의 자녀 교육을 자세히 살펴보니 '따라 하기'가 대부분이었습니다. 남들이 학원에 보내니까 보내야 하는 것으로 생각하고, 남들이 영어 교육을 시키니까 내 아이도 영어 교육을 시켜야 한다고 생각합니다. 조기교육도, 선행 학습도 자신이 필요하다고 느껴서가 아니라 남들이 하니까 따라서 하더군요. 뒤처질지 모른다는 불안감, 주위 사람들로부터 교육에 관심이 없다고 비난받을 것 같은 두려움, 부모니까 뭐라도 시켜야만 한다는 강박관념, 그리고 남과 같이 해야만 잘못된 결과가 나와도 책임을 면할 수 있다는 생각 때문인 것 같습니다.

친척 집을 방문했다가 초등학생 아이가 네모 칸이 그려진 노트에 열심히 한자를 쓰고 있는 것을 보았습니다. 대견한 마음에 한참을 지켜보다가 한자 밑에 한글로 쓰인 훈과 음을 가리고 지금 쓰고 있는 글자의 뜻과 음이 무엇이냐고 물었더니 아이는 겸연쩍은 표정으로 모른다고 답하더군요. 아이는 오직 검사를 받기 위해 숙제를 한 것이었습니다. 아이의 부모는 한자 공부의 중요성을 깨닫고 아이에게 공부를 시킨 것이 아니라 다른 부모들이 모두 한자 공부를 시키니까 자기도 시킨 것이라고 태연하게 대답하였습니다. 전형적인 '따라 하기'였던 것이지요.

숙제도 마찬가지입니다. 대부분의 교사, 학부모, 학생들은 숙제를 공부라고 착각합니다. 물론 이런저런 생각을 하면서 여유 있게 한다면 숙제도 충분히 공부가 될 수 있겠지만, 우리나라 초중고 학생들이 하는 숙제 대부분은 숙제 검사를 받기 위한 숙제, 성장에 도움이 되지 않는 숙제, 시간만 낭비하고 고통만 주는 숙제일 뿐입니다. 그럼에도 이런 바보 같은 행동이 계속되는 이유는 생각해 보지도 않고 그냥 '따라 하기' 때문입니다. 과거를 따라 하고 주위 사람들을 따라 합니다. 남 하는 대로 하지 않으면 비정상이라 비난받을까 두렵기 때문이고, 남 하는 것을 하지 않으면 왕따당할까 봐 두려워합니다. 부화뇌동 그 이상도 이하도 아닌 것이지요.

　다수결이 정답이 아닌 경우도 많습니다. 무작정 남을 따라 할 것이 아니라, 냉정하게 생각한 다음에 결정해야 합니다. 어떤 일이든 생각 없이 남 하는 대로 따라 하기보다는 책을 통해 지혜를 얻고, 선배들의 조언을 듣고, 깊이 생각한 후에 결정해도 늦지 않습니다.

　친구나 동료의 말, 옆집 아저씨 아주머니 '따라 하기'에 급급하지 마십시오. 깊이 생각해 본 다음 결정하고, 전문가의 이야기에 귀 기울인 다음에 결정해도 늦지 않으니까요. 주변 사람들의 큰 목소리를 따라 가지 않는 것이 현명함입니다. 부화뇌동은 바보들의 행진입니다.

●●● 나와 가장 가까운 평생 친구

"자녀를 갖는다는 것은 매우 특별한 평생의 친구를 얻게 되는 것이요, 당신이 속해 있고 사랑할 수 있는 한 사람을 갖게 되는 일이다. 마음속에 자녀와의 우정(?)을 지키려는 장기적인 목표를 가지고 있다면 위기 상황에서 다음과 같은 질문을 던져 보라. 지금 하려는 행동이나 하고자 하는 말이 우리의 우정을 견고하게 할 것인가, 파괴할 것인가?"

정신과 의사이자 현실치료 창시자인 윌리엄 글라서William Glasser의 말입니다. 자녀는 친구입니다. 지금까지 함께해 왔고 앞으로도 함께할 것이며, 생의 마지막 순간에도 함께할 가장 가까운 친구입니다. 자녀에게 준 사랑만큼 누군가에게 사랑을 쏟은 적이 없다는 사실을 통해서도 자녀는 부모에게 가장 소중한 존재임을 확인할 수 있습니다. 줄 수 있는 최대한의 사랑을 아낌없이 자녀에게 주었으니 자녀는 부모에게 가장 큰 사랑의 존재인 것이 분명합니다.

이처럼 세상에서 가장 친한 친구이자 가장 많은 사랑을 준 자녀와 나쁜 관계를 맺는 것은 어리석어도 한참 어리석은 행위입니다. 스스로 무덤을 파는 행동이고 그동안의 노력을 헛되게 만드는 못난 행동이지요. 먼저 경험했고 좀 더 많이 알고 있는 인생의 선배라면, 인내심을 가지고 미소 지으면서 인도하고 충고해야지 야단치거나 윽박질러서 멀리 도망치도록 만들어서는 안 되는 것이지요.

잘 알다시피 열일곱 살 이하의 아이에게는 운전면허증을 발급해 주지 않습니다. 판단력이나 절제력을 포함하여 여러 면에서 능력이 부족하다고 판단되기 때문입니다. 열일곱 살 아이에게 운전 잘하기를 요구하지 않는 것처럼, 열일곱 살 아이에게 현명한 판단과 자제력을 기대해서는 안 됩니다. 아직 어린아이라는 사실을 명심하고 용서하고 기다려야 한다는 이야기입니다. 그래야만 가까운 친구, 영원한 친구로 존재할 수 있기 때문입니다.

부모가 된 본인은 자녀의 지금 나이 때에 얼마만큼 현명했고 얼마만큼 자제력을 발휘하셨나요? 자녀의 어리석음에 박수를 보낼 수는 없겠지만 윽박지르거나 야단쳐서는 안 되는 이유입니다. 부모니까 꾸짖고 야단친다는 말도 옳지만, 부모니까 이해하고 따뜻한 마음으로 감싸야 한다는 말도 옳지 않은가요?

자녀의 입장에 서 보십시오. 누구에게 투정 부리고 누구에게 답답함을 토로하며 누구 앞에서 눈물을 보이겠습니까? 부모니까 기대고 싶고 눈물을 보이고 싶은 것이라고 생각해야 합니다. 나그네의 옷을 벗긴 것은 거센 바람이 아니라 따뜻한 햇볕이었습니다. 햇볕정책은 남북 관계에서뿐 아니라 부모 자식 간에도 유용한 방법입니다. 어느 누구와의 관계에서든 정답은 용서인데, 부모 자식 사이는 특히 용서로 모든 문제를 풀어 나가야 합니다. 그리고 사실, 용서 외에 다른 방법 없잖아요. 영원한 친구인 자녀에게 용서는 부모의 의무이자 권리인 것입니다.

가끔씩 졸업생들이 찾아오면 고마운 마음이 듭니다. 젊은 날에 내가 모든 에너지를 쏟아 부은 존재이기에, 또 내 진심으로 격려해 주고 희망을 준 존재이기에 보람과 기쁨을 느끼곤 합니다. 찾아오기는커녕 전화 한 통 주지 않는 아이들도 있습니다. 솔직히 과거에는 그런 아이들에게 서운한 감정을 조금 느끼기도

그래도, 부모

했지만 지금은 그런 마음이 전혀 들지 않습니다. 〈TV는 사랑을 싣고〉라는 프로그램을 본 이후부터입니다. 3,40년 전에 맺었던 인연을 애타게 찾는 모습, 만나고 나서 감격의 눈물을 흘리는 모습을 보고서 시詩 아닌 시를 끄적여 본 이후부터입니다.

찾아와 주지 않는다고 기억하지 않는 것 아니다.
전화 주지 않는다고 잊고 사는 것 아니다.
편지 주지 않는다고 관심 없는 것 아니다.
그 어디에선가 그대를 때때로 강하고 강하게 그리워하고 있다.
지금도 만나고 싶어 하고 있다.
미루고 있을 뿐이다.
나처럼.

표현하는 사랑이 아름답기는 하지만 마음만 있어도 충분한 것 아닌가요? 누군가 나를 기억하고 관심을 가지고 있다고 생각하는 것만으로도 기분이 좋지 않던가요? 살다 보면 이런저런 이유로, 특히 쑥스럽다는 이유로 미루고 미루다가, 특별한 기회나 명분이 없어서 표현하지 못한 채 시간이 흘러 버린 경우가 많습니다. 아마도 대부분의 사람들이 그렇게 살고 있을 것입니다. 그러니 지금 자녀의 실수와 배반에 서운해할 필요가 없습니다.

그래도 서운하다는 이들에게 '당신은 자녀의 나이 때에 당신의 부모님에게 얼마나 관심을 가지고 있었으며 또 표현하면서 살았는가?'라고 반문하고 싶습니다. 자녀 역시 표현하고 있지는 않지만 누구보다 부모님을 사랑하고 있다는 사실을 기억하면 좋겠습니다. 표현하지 않는 사랑에 대해 의심하며 슬퍼하지 마십시오. 사랑 받음 없이 오직 사랑함으로써 행복할 수 있는 사람이 또 부모 아니겠습니까?

〈도전 골든벨〉이라는 프로그램에 출연한 아이들이 부모님에게 하고 싶은 말이 무엇인지 묻는 질문에 공통적으로 하는 말이 있습니다.

"엄마 아빠 미안해요. 늘 짜증만 내고 투정만 부려서 정말 미안해요."

"엄마 아빠 고마워요. 제 짜증 다 받아 주어서 정말 고마워요."

마음에 있었지만 말로는 표현하지 못했다는 이야기잖아요. 그렇습니다. 나를 가장 사랑하고 또 영원히 책임져 줄 존재는 가족입니다. 가족만큼 사랑으로 맺어진 관계가 또 있을까요? 가장 많이 갈등하는 대상도 가족이지만 가장 많은 사랑을 주고받는 대상 역시 가족입니다. 지금까지 나에게 가장 많은 상처를 준 사람이 자녀였지만, 앞으로 나에게 가장 많은 사랑을 베풀 사람도 역시 자녀입니다. 지금까지 가장 많은 행복을 주었던 사람도, 앞으로 가장 많은 행복을 줄 사람도 자녀라는 사실을 명심하면 좋겠습니다.

어떤 경우에도 끝까지 손을 놓지 않을, 나에게 가장 큰 힘이 되고 의지가 될 소중한 존재인 자녀와 다투고, 미워하고, 신경전을 벌이는 일은 얼마나 큰 어리석음인지요? 자녀보다 중요한 존재? 글쎄요, 한 달 내내 생각해 보았는데 없는 것 같네요.

인간은 대동소이大同小異한
존재입니다. 외모만 대동소이한 게 아니라 생각도 대동소이합니
다. 키도 몸무게도 손도 발도 머리도 대동소이하고 욕망도 감정
도 그렇습니다. 그럼에도 자신만 잘났다고 뻐기고, 자신의 생각
만 현명하다고 우겨 대고 있으니… 어리석고 왜소한 마음까지도
모든 인간이 비슷하다고 생각하면 웃음이 나오기까지 합니다.

이렇게 대동소이한 인간들이 갖는 보통의 감정이나 마음을
'인지상정人之常情'이라 합니다. 저는 인지상정을 이해하고 받아
들이면서 마음의 평화를 찾을 수 있었습니다. 아내가 화를 내고
자식들이 짜증을 부릴 때에도 맞받아치지 않고 웃음으로 대하는

여유를 가지게 된 것도 '아내의 입장에서는 그렇게 생각할 수도 있겠다' '아이의 입장에서는 그렇게 행동할 수 있겠다'는 생각을 할 수 있게 되었기 때문입니다. 모순된 저의 모습을 발견할 때마다 부끄럽다는 생각을 많이 했는데, 저뿐만 아니라 모든 사람들이, 현재뿐 아니라 과거에도 모순된 말과 행동을 하였다고 생각하니 모순된 저의 모습을 보면서도 부끄러움을 물리칠 수 있었습니다.

　모순된 말과 행동을 굳이 숨기지 않고, 주위 사람들의 모순된 언행에도 관대해지려고 노력하였더니 괴로움이 사라지고 평안함이 찾아왔으며 미소가 머무르기 시작했습니다. 행복의 조건 중 하나가 인간은 너나없이 모순덩어리라는 인식에 도달하는 것이라는 깨달음을 얻은 것입니다.

　엄마는 참 이상하다.

　나에게는 나이 많은 형이 양보해야 한다고 강조하면서

　나이 많은 엄마는 왜 나이 적은 우리에게

　양보하지 않을까?

　엄마는 진짜 이상하다.

　나와 동생이 큰 소리로 이야기하면

싸우는 것이라고 야단치면서

엄마 아빠가 큰 소리로 싸우고 나서는

대화했던 것이라고 이야기하는 것일까?

엄마는 참으로 이상하다.

언젠가 아내와 다투는 모습을 딸아이에게 들킨 적이 있는데, 그때 고개를 갸우뚱하면서 우리를 쳐다보는 딸아이를 보고 부끄러운 생각에 적어 본 글입니다. 아이들의 모순된 행동에 분노하지 말아야 하는 이유는 이처럼 아이들뿐 아니라 어른들 역시 부족함투성이요 모순덩어리이기 때문입니다. 아이들만 모순된 말과 행동을 하는 것이 아니라 인간 누구나 모순된 말과 행동을 하고, 상대방만 이중 잣대를 가진 것이 아니라 나 역시 이중 잣대를 가지고 살아가기 때문입니다.

아이들의 그릇된 행동에 화부터 낼 것이 아니라 '그래 너도 인간이구나' '아직 철모르는 학생이구나' '아직 경험해 보지 않아 그렇게 생각하는구나' '맞아, 네 나이엔 나도 그랬지'라고 생각하면 안 될까요? 인간이란 원래 모순된 생각과 행동을 하는 존재임을 인정하면 평안이 찾아오고 이해와 용서와 사랑의 마음도 더 커지기 때문입니다.

황희 정승은 하소연하는 하녀에게

"네 말이 옳구나."

라고 이야기하고, 그 하녀와 싸웠던 다른 하녀의 이야기에도

"네 말도 옳구나."

라고 이야기했으며 그 광경을 보고 있던 부인이

"두 사람이 서로 반대 이야기를 하는데 왜 둘 다 옳다고 하십니까?"

하며 따지자,

"당신의 말도 옳소"

하며 고개를 끄덕였다고 하지요. 상대방의 말에 귀 기울이고 자신의 모순을 흔쾌히 인정한 황희 정승의 태도에 고개가 숙여지지 않나요?

모순을 웃으면서 받아들일 수 있어야 하는 또 하나의 이유는, 모순이 사실 삶의 진실을 담고 있기 때문입니다. 문학에서는 모순 형용의 표현 방법을 역설법逆說法이라고 합니다. 모순되거나 부조리한 것 같지만 그 표면적인 진술 너머에 있는 진실을 드러내는 수사법이 역설법입니다. 김영랑의 시 〈모란이 피기까지〉의 '찬란한 슬픔의 봄', 유치환의 시 〈깃발〉의 '소리 없는 아우성' 같은 표현이 대표적입니다. 지금까지도 이 시들이 사랑을 받으며

••• 짜증 좀 받아 주세요

명시로 일컬어지는 것도 이 시구들이 모순된 진술로서 삶의 진
실을 정확하게 드러낸 때문 아닐까 생각해 봅니다.

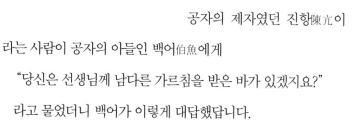

교과서는 어른들의 필독서

공자의 제자였던 진항陳亢이
라는 사람이 공자의 아들인 백어伯魚에게
"당신은 선생님께 남다른 가르침을 받은 바가 있겠지요?"
라고 물었더니 백어가 이렇게 대답했답니다.

"없습니다. 언젠가 마당을 지나는데 아버지께서《시경詩經》을 배
웠느냐고 물으시기에 아직 배우지 못하였다고 하니까 '《시경》
을 배우지 않으면 남과 더불어 말할 수 없다' 하셨습니다. 그래서
《시경》을 공부하였습니다. 어느 날 예禮를 배웠느냐고 물으시기
에 아직 배우지 못했다고 했더니 '예를 배우지 않으면 남 앞에 설

수가 없다' 하셨습니다. 그래서 예를 공부하였습니다. 제가 남달리 받은 가르침이라곤 이 두 마디뿐입니다."

그러자 진항이 기뻐하면서 이렇게 말했답니다.

"나는 하나를 물어 세 가지를 알았다. 시詩를 알았고 예禮를 알았으며 군자君子는 자기 아들도 멀리한다는 것을 알았다."

맹자孟子 역시 자식을 직접 가르치는 것은 어려운 일이니 남의 자식과 바꾸어 가르치는 것이 좋다고 했습니다. 제자인 공손추公孫丑가 그 까닭을 묻자, 맹자는 이렇게 말했습니다.

"그렇게 되지 않기 때문이다. 가르치는 아버지 쪽에서는 올바른 도리를 가르쳐 주었는데 배우는 아들 쪽에서 올바른 도리를 행하지 못하면 화가 나게 된다. 올바른 도리를 가르치고 나서 화를 내면 부자父子 관계가 나빠지게 된다. '아버지께서 나에게 올바른 도리를 가르치고 화를 내는 것은 올바른 도리에서 나온 것이 아니다'라고 생각하게 되면 부자 관계가 나빠지게 되는 것이다. 그래서 옛날부터 자식을 바꾸어서 가르쳤다. 부자父子 사이에는 잘하라고 책망하지 않는 법이다. 잘하라고 책망하면 사이가 멀어지고 사이가 멀어지는 것보다 큰 불행은 없기 때문이다."

부모는 자녀에게 뭔가를 해주고 싶어 하지만 실상 해줄 것이 많지 않습니다. 그래도 무언가를 해 주고 싶다는 부모님들께는, 친구의 위치에서 질문하고 함께 탐구할 것을 권합니다. 중요한 것은 질문을 던지는 일인데, 가장 쉽고도 기본이 되는 질문은 '어휘'의 의미에 대한 질문입니다. 텔레비전을 보다가, 라디오를 듣다가, 길을 가다가 자녀가 잘 모를 것 같은 단어나 숙어가 나오면 뜻을 물어보십시오. 이때 아이에게 테스트한다는 인상을 주면 안 되고, 모른다고 해서 야단쳐서는 더더욱 안 됩니다. 엄마 아빠도 정확한 뜻을 알지 못하고 있다면서 물어보는 방법이 좋습니다.

질문을 던진 다음에는 반드시 국어사전을 찾아보는 것이 좋습니다. 아이에게 찾아보도록 하는 것이 좋지만 아이가 거부감을 가지면 부모가 찾아보아도 상관없습니다. 순우리말이 아니라 한자어라면 국어사전으로 끝내지 말고 한자사전까지 찾아보아야 합니다. 영어 단어 역시 문맥을 통해 대충 유추한 후 넘어가지 말고 사전을 찾아 정확한 의미를 알아 보고, 합성어라면 어떤 단어와 어떤 단어가 어떠한 방법으로 묶였는지까지 확인해 보는 것이 좋습니다. 약어라면 원 단어가 어떤 단어인지 알아야 하고, 그 단어의 의미를 정확하게 모른다면 다시 국어사전을 찾아 정확한 의미를 찾아 확인합니다. 노래를 듣더라도 음정 박자에만 신경 쓰지 말고 노랫말의 의미에 대해 고민하면서 함께 생각해 보는 것이 좋고, 영화나 드라마나 뉴스를 본 뒤에 그 내용에 대해 이야기하면서 좀 더 깊이 탐구해 보는 과정도 필요합니다.

3년 전부터 시험 기간에는 담임인 제가 청소를 합니다. 배려한다는 의미에서이고, 담임도 학급의 일원이니 역할을 담당하는 것이 옳다고 생각하였기 때문이며, 청소는 공동체 구성원이라면 누구든 해야 하는 것임을 가르치기 위해서입니다. 교사는 지식을 전달해 줄 뿐 아니라 삶의 방법도 가르쳐 주어야 하는데, 말보다는 행동으로 모범을 보이는 것이 훨씬 효과가 있다고 생각하기 때문입니다.

진정 자녀가 공부 잘하기를 원한다면 공부가 즐거운 작업임을 보여 주는 것이 좋습니다. 저는 부모님들께 자녀들의 교과서를 함께 보며 지적 유희를 즐겨 보라고 권합니다. 교과서나 참고서는 재미없는 책이라는 생각, 교과서는 학생들만 보는 것이라는 생각을 버리는 것이 시작입니다. 교과서는 어른들도 볼 만한 가치가 충분한 책이고 그 안에서 충분히 재미를 찾을 수 있는 국민교양 필독서로서 부족함이 없습니다.

현실에서는 입시를 위한 도구로 여겨지고 있지만 사실 중 · 고등학교 교과서는 건전하고 유능한 시민으로서 습득해야 할 자질과 도덕적 가치 및 윤리관을 담고 있으며 지식뿐 아니라 지혜를 키울 수 있는 가장 적합한 책입니다. 아무리 지식이 풍부한 사람일지라도 중·고등학교 교과서 내용 전부를 깊이 있게 알지 못할 것입니다. 누구라도 읽을 가치가 충분한 책인 것이지요.

늦깎이 공부에 몰두한 사람 본 적이 있으신지요? 가끔 TV에 환갑이 지난 나이에 중·고등학교를 다니는 만학도들의 이야기가 소개되곤 하는데, 이구동성으로 너무 행복하다고 이야기하잖아요. 새로운 지식을 습득하는 과정은 그 자체로 삶의 중요한 기쁨 중 하나입니다. 그런 점에서 자녀와 함께 공부하는 것은 아이들을 공부하도록 만들 수 있고 본인의 지식도 쌓을 수 있는 일석이조一石二鳥입니다.

지금 당장 자녀들의 교과서를 펼쳐서 읽어 보십시오. 음악 교과서도 미술 교과서도 체육 교과서도 재미있고, 사회·지리·한국사·세계사·생물·지구과학 교과서는 물론 심지어 수학 교과서에서도 재미를 찾아낼 수 있습니다. 최고의 명문장만 엄선해 편집한 국어 교과서는 더 말할 필요가 없겠지요. 기술·가정 교과서도 일상생활에 유용한 정보들이 가득합니다. 학창 시절에는 시험이라는 괴물을 무너뜨리려고 억지로 한 공부였기에, 또 철이 들지 않았기에 큰 재미를 느끼지 못했겠지만, 배경 지식이 갖추어져 있는 지금 순수한 지적 호기심으로 접근한다면 영화나 드라마 이상의 즐거움을 교과서를 통해 얻을 수 있을 것입니다.

함께 먹는 밥이 맛있는 것처럼 함께 하는 공부가 재미있습니다. 가르치려 하거나 공부하라고 닦달하기보다 함께 공부하면서 아이들의 눈높이에서 탐구해 나간다면 아이들의 실력 향상은 확실하게 이루어질 것이고 부모님 역시 새로운 사실을 깨닫게 되는 즐거움에 행복할 것입니다.

아주 오래전, 학생에게 합격 소식을 전하면서 목이 메어서 겨우 '합격했다'는 말만 하고 '축하한다'는 말도 못한 채 전화를 끊었던 적이 있습니다. 저를 완전하게 믿고 철저하게 따라 준 학생이었기 때문에 다른 제자들보다 더 간절하게 합격을 소망했던 때문이지요. 사교육은 공부에 오히려 방해되는 것이라고 하였더니 곧바로 사교육을 그만두었고, 국어사전을 친구 삼으라 했더니 곧바로 국어사전을 책상 위에 놓고 수시로 펼쳐 보았으며, 독서대를 이용하는 것이 좋다고 했더니 다음 날부터 독서대를 이용해 공부하는 모습을 보여 주었습니다. 반드시 12시 이전에 잠자리에 들고 예습을 철저히 하며 생각하는 공부를 하라 했더니 묵묵히 그대로 실천하였고요. 교사는 편애하면 안 된다는 사실을 잘 알기에 편애하지 않으려고 노력했지만, 그 학생에게 조금 더 관심과 사랑을 쏟았음을 고백해야 할 것 같습니다.

지금 저는 믿음의 중요성을 이야기하고 있습니다. 학교를 믿고 선생님을 믿고 자녀를 믿어야 한다는, 학생이 학교와 선생님을 믿고 따르면 학교와 선생님은 더 책임감을 느끼게 되어 더 열심히 하게 된다는 사실을 말씀드리고 싶습니다.

공교육 붕괴를 우려하면서 교육부와 학교 당국, 그리고 선생님들을 질타하는 목소리가 높습니다. 인정합니다. 학부모와 학생이 학교와 선생님을 믿지 못해 사교육을 좇아가는 상황은 안타까움 그 자체입니다. 공교육이 무너진 현실을 누가 부정할 수 있겠습니까? 그런데 공교육의 붕괴가 사실이라면 그 책임의 상당 부분은 학부모와 학생에게 있는 것 아닐까 생각해 봅니다. 열심히 지도하지 않는 선생님이 만약 있었다면 학생과 학부모님들이 믿고 맡기지 않아 선생님이 의욕을 갖지 못한 때문일 거라고 대신 변명하고 싶습니다. 믿고 맡겼다면 그 선생님도 열심히 했을 것이라고 말입니다. 선생님들의 능력이 부족한 것도 아니고 열정이 모자라지 않는데 왜 학부모님들은 학교를 믿지 못하고 선생님들을 신뢰하지 못하고 선생님들의 열정을 빼앗아 버리는 지 안타까울 뿐입니다. 학교를 믿고, 선생님들을 믿고 맡겨 달라 고 감히 부탁드려 봅니다.

학생을 사랑하지 않는 선생님은 없습니다. 짝사랑을 싫어하는 선생님만 있을 뿐이지요. 선생님 역시 감정이 있기 때문에 믿고 따르는 학생에게는 더 많은 사랑을 베풀게 되고 믿지 않고 따르 지 않는 학생들은 신경을 덜 쓴다는 사실을 인정하면 좋겠습니 다. 선생님 역시 학생 하기 나름인 것입니다.

"선생님, 우리 아빠는 동생만 예뻐하고 저는 미워해요"라고 말하는 학생에게 "그럴 리가 있겠느냐" 이야기해 주곤 했는데, 요즘은 "동생이 예쁜 짓을 하기 때문이 아닐까?"라고 되묻습니 다. "수고가 많지 않은 자에게 인생은 혜택을 베풀지 않는다"라 는 호라티우스의 말을 들려주고 "너 스스로 예쁨 받기 위해서 노 력해 보라"라고 충고하기도 합니다. 선생님도 인간인지라 열심 히 노력하는 학생을 보면 왠지 정이 가고 도와주고 싶지만, 노력 하지 않고 선생님의 가르침에 따르지 않는 학생에게는 아무래도 관심이 덜 간다는 이야기도 덧붙입니다.

선생님 말씀에 무조건 순종하라는 말이 아니라 좋은 점과 잘 한 일에 박수를 보내고 감사함을 표현하여 선생님들이 힘을 낼 수 있도록 도와주면 좋겠다는 말입니다. 선생님의 말에 학생들이 긍정적인 반응을 보여 줄 때, 그리고 학생들이 선생님을 믿고 따를 때 선생님도 더 큰 사랑으로 지도하게 될 테니까요.

학부모들이 신뢰하지 못하여 선생님들의 열정이 약화되었는지, 아니면 선생님의 열정이 부족하여 학생과 학부모들이 사교육으로 발걸음을 돌렸는지 고민해 봅니다. 후자가 틀리고 전자가 옳다는 답을 내리고 싶은데…. 분명한 사실은 선생님에게 신뢰를 보내면 선생님들이 더 의욕을 갖고 열정적으로 학생들을 가르치게 될 것이라는 점입니다. 학교와 선생님에 대한 믿음이 중요하다는 이야기지요.

3년 전 여름, 홍도 가는 여객선에서 만난 섬에 사시는 할아버지에게 배멀미를 하지 않는 방법을 묻자 할아버지께서는

"배에 몸을 맡기면 됩니다."

라고 말씀하셨습니다. 고개를 갸우뚱하는 저에게 할아버지께서는 이렇게 덧붙였습니다.

"배를 믿고 몸에 힘을 빼면 됩니다. 위로 솟구치면 함께 위로 올라가고 아래로 내려오면 함께 아래로 내려오면 됩니다. 자전거 탈 때 움직이는 방향으로 움직이듯이 말이에요. 배를 믿지 못하고 반대로 힘을 쓰게 되니까 멀미가 나는 것입니다. 배를 믿고

잠을 자는 것도 배멀미를 하지 않는 좋은 방법이에요. 중요한 것은 믿음인 것이지요."

선생님을 믿고 선생님에게 박수와 칭찬을 보내 주어야 합니다. 믿음과 격려와 칭찬이 좀 더 행복한 학교, 좀 더 신나는 사회를 만들 수 있기 때문입니다. '칭찬은 고래도 춤추게 한다'고 하잖아요. 그렇다고 모든 선생님에게 무조건적으로 박수 보내고 감사하라는 이야기는 절대 아닙니다. 잘못한 선생님에게 박수를 보내는 것은 저도 절대 반대입니다. 착각에 빠질 수 있으니까요. 정말 감사하고 싶은 선생님에게만 감사의 뜻을 전하면 됩니다.

반드시 덧붙여야 할 말이 있습니다. 감사의 표현은 물질로 해서는 절대 안 된다는 것입니다. 물질은 아무리 작은 것일지라도 뇌물이고, 뇌물은 불행을 만들기 때문이지요. 감사 문자 한 줄, 감사 편지 한 통이면 충분합니다. 학기 중보다는 학기가 끝났을 때가 좋고, 졸업 이후가 훨씬 좋을 것 같습니다.

"공부 열심히 하지 않으면 너는 인생의 패배자야."

"너 도대체 뭐가 되려고, 뭐를 믿고 공부 안 하니?"

"그렇게 공부하려면 공부 때려치워라"

"그렇게 공부해서 대학이나 갈 수 있겠어?"

"전교 몇 등이야?"

"아무개는 전교 3등인데 너는 이게 뭐니? 창피해 죽겠어."

"너 때문에 속 터져 죽겠다."

"고등학교 실력이 인생을 좌우한다는 사실 명심해라."

"엄마 아빠 말 안 들으면 너 후회할 거야."

"그럴 줄 알았어. 이제부터 널 믿지 않겠어."

많은 부모님들이 아이들에게 하는 말입니다. 아무 생각 없이 하는 말이고, 부담 없이 듣고 넘길 수도 있는 말이지만 결코 바람직한 말은 아닙니다. 힘을 주고 공부를 하도록 만들기는커녕 힘을 빼고 의욕을 꺾는 말이며, 공부하려 했던 아이로 하여금 오히려 책을 내던져 버리게 만드는 말들입니다. 이렇게 바꾸면 어떨까요?

"난 네가 건강하고 행복하게 살기를 바란다."
"공부 잘하면 좋겠지만 못한다 해도 행복할 수 있어."
"서두르지 않아도 된다. 지금부터 해도 늦지 않아."
"공부보다 건강이 더 중요하단다."
"나는 네가 신나고 행복하게 잘 놀았으면 좋겠어."
"오늘 재미있었니?"
"오늘은 무슨 운동 할 거니?"
"요즘 어떤 책 읽고 있니?"
"아빠(엄마)는 소설이 더 재미있는데 너는 컴퓨터게임이 재미있나 보구나."

"여행 가고 싶으면 언제든지 말해"

"할머니 할아버지가 너 많이 보고 싶어 하시더라."

"나는 네가 항상 행복했으면 좋겠어."

"힘들지? 힘들어서 어떡하니? 너무 무리하지 마라."

"엄마 아빠가 뭐 도와줄 일 없을까?"

"부탁할 일 있으면 말해. 엄마 아빠는 너를 도와주는 것이 행복이니까."

"일요일에는(방학에는) 공부 안 해도 괜찮아."

"아빠(엄마)는 아들(딸)이 있어 너무 행복해."

"다치지 않았지? 그래, 다치지 않았으면 괜찮아."

"마음 아파할 필요 없어. 승률 80퍼센트 넘는 축구, 야구, 농구, 배구 팀 거의 없잖아."

"먹고 싶은 음식 있으면 말해 봐."

"가고 싶은 곳 있으면 이야기해 줘."

"공부, 그까짓 것 못하면 좀 어때?"

"네 일이니까 네가 신중하게 생각해서 결정해라."

"걱정 마라, 다 잘될 거야"

"다 지나갈 테니까 괴로워하거나 슬퍼하지 않아도 된다."

"괜찮아, 그럴 수도 있지, 다 그런 거야!"

"괜찮아, 아빠(엄마)도 네 나이 때는 그랬는걸 뭐!"

"사람은 다 실수하면서 크는 거란다."

"와! 멋있는데. 역시 내 아들(딸)이 최고야!"

"아빠(엄마)는 네가 어떻게 되든 계속 응원할 것이라는 거 알고 있지?"

"아빠(엄마)는 너의 선택을 존중하고 너를 믿는다."

"괜찮아. 정말 괜찮아. 아빠(엄마) 네 나이 때 더 큰 실수 더 많이 했어."

"우리 한 번 더 생각해 보고 내일 결정하자."

많은 부모님들이 자녀들과 대화하는 것이 힘들다고 토로합니다. 아이가 부모님의 말을 듣지 않고 대들어서 힘들고, 잘못될 것 같아 걱정이 많다고 합니다. 기우杞憂입니다. 쓸데없는 걱정입니다. 사춘기 시절에는 누구라도 그러하다는 것을 이해할 수 있어야 합니다. 돌 지나지 않는 아이가 똥오줌 가리지 못한다고 화내는 것이 이상한 것처럼, 사춘기 아들딸이 순종하지 않고 짜증 부린다고 화내는 것도 이상한 일입니다.

자녀와 대화할 때 중요한 것은 적극적 수용과 공감적 이해입니다. 눈을 바라보고 약간 다가가는 듯 자세를 취하며 중요한 말이라고 생각되면 작은 목소리로 따라 하기도 하고, 아이가 머뭇 거릴 때는 '그래서?' '그 다음에는?'이라며 맞장구치면서 다음 말을 유도하기도 하며, 이야기가 마무리되었을 때에는 '그랬구나' '그래서 화가 났구나' '그래서 기분이 좋았구나' 등으로 공감을 표현해 주는 것이 좋습니다.

아이 스스로 해결책을 찾을 수 있도록 기회를 주는 것도 좋습니다. 부모의 생각을 곧바로 이야기하기보다는 질문을 유도하고, 질문에만 답해 주는 것도 좋은 방법이고요. 자녀는 부모가 자신을 이해해 주고 있다는 것을 느끼게 되면 외로움이나 상처가 사라지게 된다고 하지요. 부모의 자존심만큼 아이의 자존심도 중요하게 생각해 주어야 하는 것입니다.

잘못했을 때 그 잘못에 대해서만 이야기해야지 과거의 다른 잘못이나 성격 등을 거론해서도 안 됩니다. 그리고 지적은 하되 그 자리에서 흔쾌하게 용서해 주는 것이 좋습니다. 어떤 경우에도 아이를 분노하게 만들어서는 안 되고 가능한 기분 좋은 상태를 만들어 주어야 합니다. 기분이 좋아야 공부도 잘할 수 있고 그래야 모두 행복할 수 있으니까요.

●●●　공부도 재주랍니다

　　　　　　　　　음악에 소질이 없노라 말하
고, 미술에 재주가 없다 이야기하며, 선천적으로 운동 능력을 타
고나지 않았노라 이야기하면서도 공부에 재주 없다는 이야기는
하지 않습니다. 이상하지 않나요? 정말 공부는 재주에 관계없이
노력하면 누구라도 잘할 수 있게 되는 것인가요? 음악, 미술, 체
육을 잘하려면 노력과 함께 재주가 필요한 것처럼 공부를 잘하
기 위해서도 타고난 재주가 있어야 하는 것 아닌가요? 부모님들
은 동의하기 어렵겠지만, 학교 현장에서는 공부에 재주가 없는
아이들을 많이 만납니다.

　물론 공부 재주를 타고났다고 해도 노력 없이는 공부를 잘할

수 없습니다. 재주보다 노력이 훨씬 더 중요하지요. 또 아무리 재주를 타고나지 못했다 해도 연습을 많이 하면 웬만큼 노래 부를 수 있고 그림 그릴 수 있으며 운동 실력도 일정 수준에 오를 수 있는 것처럼, 공부 재주를 타고나지 못했어도 노력으로 어느 정도의 실력을 쌓을 수는 있습니다. 그러나 예체능에서 타고난 재주 없이 노력만으로는 최상의 실력에 도달할 수 없는 것처럼 공부 역시 아무리 많은 노력을 기울인다 해도 공부 재주를 타고나지 못하였다면 최상의 성적을 얻을 수 없습니다.

공부 재주에는 책상 앞에 앉아 있을 수 있는 능력까지 포함됩니다. 엉덩이가 무거운 것도 타고난 재주라는 이야기이지요. 암기력, 이해력, 추리상상력, 논리적 사고력을 가지고 태어나야만, 확고한 삶의 목표가 있어야만, 고통을 참고 견딜 만한 능력이 있어야만 공부를 잘할 수 있답니다. 이 중 한 가지만 부족해도 공부를 잘하기 어려운 것이지요.

운동 못한다고 행복하지 않은 것 아니고, 음악 못한다고 불행한 것 아니며, 미술에 소질 없다고 왕따당하지 않습니다. 마찬가지로 공부 못한다고 문제가 발생하는 것도 아닙니다. 굼벵이도 구르는 재주가 있다고 인간은 누구나 자신만이 잘할 수 있는 재주가 있고, 그 재주를 잘 살릴 수 있다면 공부와 관계없이 모두 모두 행복할 수 있습니다. 어른이 되어 행복하게 잘사는 사람들은 학창 시절에 공부 잘한 사람들일까요? 아닌 것 아시잖아요. 공부 잘하면 행복해질 확률이 조금 높은 것은 사실이지만 행복을 좌우하는 것은 아니라는 사실 모르지 않잖아요.

교육의 궁극적 목표가 '행복'임을 잊고 사는 것 같습니다. 미래의 행복도 중요하지만 현재의 행복이 더 중요하다는 사실도 모르는 것 같고요. 영어·수학에 재주가 없고 음악에 재주가 있는 아이에게, 음악은 하지 말고 영어·수학만 하라는 것이 잘못인 것도 모르는 것 같고요. 거의 모든 학부모님들이 영어·수학 못해도 행복할 수 있다는 사실을 애써 모른 척하는 것 같아 많이 안타깝습니다. 공부도 재주임을 인정한다면, 노력한다고 누구나 공부 잘할 수 있는 것 아님을 받아들인다면, 그래서 공부만 잘하면 모든 것이 용서된다는 생각을 버릴 수만 있다면 지금보다 훨씬 더 많이 행복해질 수 있지 않을까 생각해 봅니다.

성경도 우리에게 다음과 같이 이야기하고 있잖아요.

"우리가 한 몸에 많은 지체를 가졌으나 모든 지체가 같은 직분을 가진 것이 아니니, (중략) 우리에게 받은 은혜대로 받은 은사가 각각 다르니 혹 섬기는 일이면 섬기는 일로, 혹 가르치는 자면 가

르치는 일로, 혹 권위하는 자면 권위하는 일로, 구제하는 자는 성
실함으로, 다스리는 자는 부지런함으로, 긍휼을 베푸는 자는 즐
거움으로 할 것이니라."

그렇습니다. 타고난 재주대로 사는 것이 가장 멋진 삶이고 행
복에 다가가는 지름길입니다.

공부, 중요하지요. 안 하면 안 되지요. 그러나 잘해야만 하는
것도 분명 아니지요. 건강한 시민으로 살아가는 데 불편하지 않
으면 되는 것이지 일등을 목표로 공부해서는 안 되는 것이지요.
운동에 재주 없는 아이에게 운동선수 되라고 이야기해서는 안
되는 것처럼 공부에 재주 없는 아이에게 공부 일등해서 명문대
학교에 가야만 한다고 이야기해서도 안 되는 것이지요. 공부도
재주임을 인정할 수 있는 사람만 어른입니다.

••• 떠나보냄은 의무

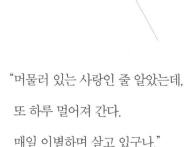

"머물러 있는 사랑인 줄 알았는데,

또 하루 멀어져 간다.

매일 이별하며 살고 있구나."

김광석의 노래 〈서른 즈음에〉의 한 구절입니다. 이 노랫말처럼 우리는 소중한 사람과도 미운 사람과도 아끼던 물건과도 그리고 시간과도 매일 이별하면서 살고 있습니다. 그동안은 이별을 두려워하며 망설였는데 어느 날부터인가 이별을 담담하게 받아들이게 되었습니다. 이별이 있어야 새로운 만남도 가능하다는 평범한 진실을 깨달았기 때문이지요. 이별을 받아들이니 이제는 죽음이라는 이별까지도 기꺼이 받아들일 준비가 되었고, 〈이별은 미의 창조〉라는 한용운의 시도 새롭게 다가오게 되었습니다.

이별은 미의 창조입니다.
이별의 미는 아침의 바탕 없는 황금과 밤의 올 없는 검은 비단과 죽음 없는 영원의 생명과 시들지 않는 하늘의 푸른 꽃에도 없습니다.
님이여, 이별이 아니면 나는 눈물에서 죽었다가 웃음에서 다시 살아날 수가 없습니다. 오오 이별이여.
미는 이별의 창조입니다.

한용운이 노래한 것처럼, 이별이 아름다운 이유는 재생의 원천이 되기 때문입니다. 부모님들도 미소 지으며 아이를 자신의 품에서 떠나보낼 수 있으면 좋겠습니다. 내가 아니면 안 된다는 생각, 내가 돌봐 주고 간섭하지 않으면 잘못된다는 생각들을 가능하면 빨리 떨쳐 버릴 수 있으면 좋겠습니다. 그렇습니다. 두려워 말고 떠나보내도 괜찮습니다. 내가 아니어도 누군가 돌봐 줄 사람이 있음을 믿어야 하고, 인간은 누구라도 스스로 잘 적응해 가면서 스스로 즐겁게 살아갈 수 있는 능력이 있음도 믿어야 합니다.

어느 순간 장성하여 타지에서 생활하고 있는 아들이 어쩌다 집에 오게 되었을 때, 집에 머물렀으면 좋겠다는 나와 아내의 바람과 달리 아들은 친구를 만난다며 부리나케 집을 뛰쳐나가곤 합니다. 예전에는 서운했고 또 그 서운함을 꾸짖음으로 연결시키기도 했는데 이제는 당연한 일로 받아들입니다. 저 역시 그 나이에는 그랬음을 기억해 냈고, 부모가 줄 수 없는 즐거움과 깨달음을 친구들은 줄 수 있다고 생각하기 때문입니다. 자연스러운 생각과 행동임을 깨달은 지금은 재미있게 놀고 오라며 손을 흔들어 줍니다.

아들딸 못지않게 아들딸의 친구들이 예쁘고 소중한 이유 역시 그 아이들이 내 아들딸에게 기쁨을 주고 성장을 도와주며 내가 줄 수 없는 행복을 채워 주는 고마운 존재들이기 때문입니다. 친구는 가족들이 줄 수 없는 맛과 재미를 준다는 사실을 알았기 때문이지요. 아무리 바쁘고 거리가 멀어도 기쁜 마음으로 친구를 만나러 달려가는 것을 보면서 우정이 가져다주는 행복이 얼마나 크고 소중한지 생각해 보곤 한답니다.

주말마다 노쇠하신 어머니를 찾아뵙습니다. 무릎이 시리고 허리가 쑤신다는 호소에 어찌해 드릴 수 없는 무력감을 느끼지만,

··· 떠나보냄의 의무

더 큰 무력감은 자식임에도 정신적인 빈 공간을 채워 드릴 수 없다는 것에서 옵니다. 어머니와의 대화가 한 시간을 넘기기가 쉽지 않음을 확인하면서 우리 삶에서 친구의 역할이 얼마나 크고 중요한지 깨닫곤 합니다. 아무리 효자, 효녀라 해도 친구 역할까지 대신하기 어렵다는 사실 앞에서 아이를 품안에 품고 살려는 마음이 잘못된 생각임을 깨닫고 떠나보내는 것이 옳음을 확인합니다.

학생들에게 '나를 기쁘게 하는 것들'이라는 제목을 주고 글을 쓰도록 하였더니 적잖은 아이들이 '친구'를 이야기하였습니다. 공부하기 힘들고 입시 때문에 짜증나는 일이 많음에도 그런대로 학교생활이 재미있는 이유가 친구 때문이라는 것이었습니다. 이 척박한 교육 환경에서도 아이들은 친구가 있기에 기쁘게 학교생활을 할 수 있으며, 친구와의 우정을 지키기 위해 상당히 많은 노력을 기울인다고 말하였습니다. 그렇기 때문에 부모는 가능하면 일찍 기쁜 마음으로 자녀를 떠나보내고 자신들만의 취미를 즐기거나 홀로 또는 부부끼리 또는 친구끼리 어울려 노는 연습을 할 수 있어야 합니다. 자녀에 '올인'하는 것은 자녀를 힘들게 하는 일이고 동시에 자신도 힘들게 만드는 어리석은 일입니다.

"그대들의 아이들은 그대들의 것이 아닙니다. 아이들은 스스로 삶을 갈구하는 생명의 아들이자 생명의 딸입니다. 아이들은 그대를 거쳐서 왔으나 그대들에게서 나온 것이 아니며 비록 그대들과 함께 지낸다 하여도 그대들의 소유물은 아닙니다. 아이들에게 그대들의 사랑을 주되 그대들의 생각까지 주지는 마십시오. 아이들 스스로도 생각할 줄 알기 때문입니다. 아이들의 몸이 머물 집을 주되 영혼이 머물 집은 주지 마십시오. 아이들의 영혼은 그대들이 꿈에서라도 감히 찾을 수 없는 내일의 집에 살기 때문입니다."

칼린 지브란의 〈예언자〉에 나오는 이 구절을 음미하면서 기쁜 마음으로 떠나보내야 합니다. 떠나보냄은 선택이 아닌 의무인 것이지요.

아들딸이 제 품을 떠나 버린 지금에야 '자식은 어떤 존재인가' 생각해 봅니다. 저 역시 부모님에 의해 세상에 나왔고 자랐으면서도 부모님의 소유물이길 거부했음을 망각한 채, 아들딸을 나의 소유로 생각하고 나의 로봇이 되길 원하였으며 믿지 못하여 늘 안절부절못하고 간섭하려 했으며 대신 판단해 주려 했던 것이 부끄러움으로 남습니다.

'나는 스스로 잘할 수 있지만 너는 스스로 할 능력이 없으니 내가 도와주어야만 한다'는 생각이 못난 생각임을 아들딸이 결혼할 나이가 되어 버린 지금에야 알게 되었습니다. 이형기의 시 〈낙화〉를 음미하면서 인간은 이별을 통해 더 성숙해질 수 있다는 사실을 인정할 수 있으면 좋겠습니다.

가야 할 때가 언제인가를

분명히 알고 가는 이의

뒷모습은 얼마나 아름다운가

봄 한철

격정을 인내한

나의 사랑은 지고 있다.

분분한 낙화落花

결별이 이룩하는 축복에 싸여

지금은 가야 할 때

무성한 녹음과 그리고

머지않아 열매 맺는

가을을 향하여

나의 청춘은 꽃답게 죽는다.

헤어지자

섬세한 손길을 흔들며

하롱하롱 꽃잎이 지는 어느 날

나의 사랑, 나의 결별

샘터에 물 고이듯 성숙하는

내 영혼의 슬픈 눈.

3

공부 잘하는 18가지 방법

깨부수어야 합니다. 이 땅에 교육혁명이 일어나야 합니다. 교육제도의 혁신과 함께 학생과 학부모의 의식도 변해야 합니다. 그래야만 이 땅의 학생들이 밝고 아름답고 건강한, 그러면서도 실력 있는 주인공으로 자라날 수 있습니다. 깨부수었을 때에만 변화가 가능하고 그 변화가 미소를 가져다줄 것입니다.

깨부수어야 합니다. 새로운 것을 원한다면 과감하게 깨부수어야만 합니다. 깨부수지 않으면 새로움을 만들 수 없고 발전도 불가능하기 때문입니다. 발전을 통해 행복을 누리고 싶다면 과감하게 깨부수는 용기를 가져야 합니다. '공부'도 마찬가지이지요. 공부에 시간과 돈을 엄청나게 투자하는데도 실력 향상이 이루어지지 않는다면 문제가 있는 것이고, 그 문제 해결을 원한다면 깨부수어야 합니다. 책상 앞에 오래 앉아 있는 걸 목적으로 삼거나 잘 가르치는 선생님을 찾을 게 아니라 지금까지의 공부 방법을 깨부수고 새로운 방법으로 시작해야 합니다.

"새는 알을 깨고 나온다. 알은 세계다. 태어나려고 하는 자는 하나의 세계를 파괴하지 않으면 안 된다."

헤르만 헤세의 《데미안》에 나오는 유명한 구절이지요. 그렇습니다. 파괴를 긍정적으로 볼 줄 알아야 합니다. 파괴 없이 새로움은 있을 수 없기 때문입니다. '유신자하야파괴지자維新者何也破壞之子, 파괴자하야유신지모破壞者何也維新之母'라는 말이 있습니다. '새롭게 하는 것은 무엇이냐? 파괴의 아들이다. 파괴라는 것은 무엇이냐? 새로움의 모체이다'라는 의미입니다. 새로운 것은 기존의 것을 때려 부술 때에만 가능하고, 때려 부순다는 것은 나쁜 일이 아니라 새로움의 근본이 된다는 말입니다. 변화와 발전과 성공을 원한다면 새롭게 시작하는 것을 두려워하지 말아야 합니다.

공부 잘하고 싶다고요? 그렇다면 게으름, 수동적 태도, 과외 의존, 스마트폰, 컴퓨터게임, 텔레비전, 잡념, 잠, 미루는 일 등을 미련 없이 때려 부수세요. 인간에게는, 특히 학생에게는 시간이 그 무엇보다도 중요한데 스마트폰과 컴퓨터게임은 아주 쉽게 학생들의 시간을 빼앗아 가기 때문에 반드시 깨부수어야 합니다. 스마트폰이나 컴퓨터게임을 휴식이라고 이야기하는 학생이 많은데 휴식이 아니라 공부하는 시간과 에너지를 빼앗는 나쁜 친구입니다. 학생들을 수업 시간에 졸거나 자게 만드는 주범이 스마트폰과 컴퓨터게임입니다. 새로운 출발을 원한다면 과감하게 그리고 완전하게 깨부수어야 합니다. 아이들은 절제하겠다고 말하지만 어른도 쉽지 않은 절제를 아이들에게 바랄 수는 없습니다.

깨부수어야 합니다. 이 땅에 교육혁명이 일어나야 합니다. 교육제도의 혁신과 함께 학생과 학부모의 의식도 변해야 합니다. 그래야만 이 땅의 학생들이 밝고 아름답고 건강한, 그러면서도 실력 있는 주인공으로 자라날 수 있습니다. 깨부수었을 때에만 변화가 가능하고 그 변화가 미소를 가져다줄 것입니다.

"심부재언心不在焉이면 시이
불견視而不見 청이불문聽而不聞 식이부지기미食而不知其味"라는
말이 있습니다.《대학大學》에 나오는 말인데요, 마음이 없으면
보아도 보이지 않고 들어도 들리지 않으며 먹어도 그 맛을 알지
못한다는 뜻입니다. 마음가짐이 중요하다는 이야기인데, 이는
공부에도 그대로 적용이 됩니다. 알고 싶은 마음이 없다면 제대
로 지식을 축적할 수 없기 때문이지요. 지식에 대한 목마름, 세
상에 대한 호기심이 있어야 지식을 쌓을 수 있습니다.

스스로 하고 싶은 마음이 생겨야 공부를 잘할 수 있는데 이를
위해 필요한 것이 '철듦'입니다. 철들면 공부를 잘할 수 있지만

철들지 않으면 그 어떤 방법도 효과가 없습니다. 일찍 철든 아이들이 있습니다. 자신의 역할이 무엇이고 앞으로 무엇을 할 것이며 그러기 위해서 현재 무엇을 해야 하는지를 스스로 깨달은 아이들입니다. 고맙고 예쁘죠. 공부가 재미있다면서, 아니 재미는 없지만 해야 하는 것이라면서 스스로 알아서 공부한다면 얼마나 좋겠습니까? 그런데 95퍼센트의 아이는 그렇지 못합니다. 아직 철들지 않은 아이, 공부해야 하는 이유를 알지 못하는 아이가 대다수입니다.

수많은 학생을 가르치고 학부모님들과 고민을 나누었지만, 안타깝게도 저 역시 철없는 아이를 철들게 만들 확실한 방법을 아직 찾지 못하였습니다. 아니 영원히 찾지 못할 것 같기도 합니다. '군대 갔다 오니 철들더라' '고생해야 철들더라' 정도이지요. 그런데 어린아이를 군대 갔다 오게 할 수도 없고, 고생시킬 마땅한 방법도 없는 것이 현실이지요.

오랜 고민 끝에 '여행'을 찾아냈습니다. 여행은 철들게 만드는 괜찮은 방법입니다. 혼자 하는 여행이 좋은데 혼자가 어렵다면 친구 두세 명과 함께하는 여행도 괜찮습니다. 다만, 가난한 여행이어야 하고, 관광지 여행이 아닌 삶의 현장을 돌아보는 여행이어야 합니다. 발이 부르틀 때까지 걸어야 하고 지쳐 쓰러지는 상황까지 가 보아야 합니다. 목마름이 시냇물을 들이키게 만들고, 배고픔이 길가의 무를 질겅질겅 씹을 수 있을 때까지 가 보는 것입니다. 물 한 모금 밥 한 숟가락의 소중함을 깨닫고, 세상에는 나쁜 사람도 있지만 좋은 사람이 더 많음도 깨달을 수 있을 것입니다.

세상을 믿고 여행을 떠나보내는 용기가 필요합니다. 모르는 사람을 붙잡고 '여행하는 학생인데 하룻밤 재워 줄 수 있습니까?'라고 물어보는 것만으로도 충분합니다. 실패와 성공을 경험하는 과정에서 성숙하고 철이 드는 것이니까요. 노동 체험을 할 수 있다면 더 좋겠지요. 인간은 노동을 통해 성숙해 가는 존재이니까요. 혼자 여행이 불안하다면 아빠와 아들이 함께 떠나는 여행, 엄마와 딸이 함께 떠나는 여행도 좋습니다.

마음껏 쉬고 마음껏 놀고 마음껏 하고 싶은 일을 하도록 하는 방법도 있습니다. 시간이 아깝다고요? 해야 할 공부가 많은데 그럴 수 없다고요? 공부해야 하는 이유도 모르면서 공부할 마음도 없이 책상 앞에 100시간 앉아 있는 것보다 공부해야 할 이유를 알고 즐거운 마음으로 10시간 공부하는 것이 훨씬 좋은 결과를 가져옵니다. 개구리가 몸을 움츠리는 것이 더 높게 뛰기 위함인 것처럼, 2보 전진을 위해 과감하게 1보 후퇴를 할 수 있어야 하는 것처럼, 여행도 시간 낭비가 아니라 공부를 잘하기 위한 준비입니다. 길게 볼 줄 아는 지혜가 필요합니다.

부모님의 마음을 보여 주는 것도 철들게 만드는 방법입니다. 공부하라고 다그치고 야단치기 전에, 왜 공부해야 하는지 부모님의 경험을 바탕으로 진솔하게 이야기해 주시는 것입니다. 수행평가 과제로 부모님 전기문 쓰기를 내준 적이 있습니다. 고등학생임에도 상당수 아이들이 아버지, 어머니에 대해 아는 것이 거의 없었습니다. 부모님이 어느 학교를 졸업했는지도 몰랐고, 심지어 부모님이 현재 어떤 일을 하는지 모르는 아이도 있었습니다. 전기문을 쓰면서 처음으로 부모님의 과거를 알고, 그 과정에서 많은 깨달음을 얻었다는 아이들이 많았습니다.

부모님들께서 들려주는 솔직하고 담백한 이야기가 아이들에게 적잖은 깨달음을 줄 수 있고, 그 깨달음이 철들게 할 수 있습니다. 부끄러운 부모님의 과거가 오히려 아이들을 철들게 만들고, 부모와 자식 간 진솔한 대화가 아이를 성숙시킬 수 있습니다.

"학생들에게 배울 의욕을 고취시키지 않고 교육시키려는 교사는 차가운 쇠를 두드리고 있는 것에 지나지 않는다"는 말이 있는데, 지금 대한민국의 부모님들 중에는 차가운 쇠를 두드리는 부모님들이 너무 많습니다. 공부하겠다는 마음을 가지려면 먼저 철들어야 합니다. 철들지 않는 상태로, 공부하고 싶은 마음 없이 책상 앞에 앉아 있는 것은 사상누각砂上樓閣 그 자체입니다.

　　　　　　　　　　수업 시간에 졸거나 멍 때리
고 앉아 있는 아이는 말할 것도 없고, 아무 생각 없이 베껴 쓰고
받아쓰기만 하는 아이들을 보면 너무나 안타깝습니다. 많은 아
이들이 베껴 쓰고 받아쓰는 행위를 공부라고 생각합니다. 수업
시간을 정보를 수집하는 시간으로 생각할 뿐 지식과 지혜를 머
리에 저장해야 하는 시간으로 만들지 못하는 학생들이 많아도
너무 많습니다.

　선생님이 가르쳐 주는 내용들은 알고 보면 교과서나 참고서,
국어사전, 백과사전, 인터넷 등에 다 있는데 이 사실을 모르고
열심히 베껴 적고 받아쓰기만 합니다. 질문을 던져도 답을 생각

하려 하기보다는 '선생님! 빨리 답을 말해 주세요. 저 지금 답 받아 적을 준비 다 되어 있습니다'라는 표정으로 귀만 열어 놓는 학생이 대부분입니다. 만약 선생님의 강의를 놓쳤다면 수업이 끝난 후 교과서와 참고서, 국어사전이나 백과사전을 펼쳐 보면 될 텐데 오직 선생님이 가르쳐 준 것을 받아 적지 않으면 영원히 알 수 없다는 강박관념을 가지고 있는 것 같습니다.

복습하지 않겠다는 마음가짐으로 수업 시간에 그때그때 이해 해야 할 것은 이해하고, 암기해야 할 것은 암기해야 합니다. 물론 복습하지 말라는 이야기는 절대 아닙니다. 복습은 매우매우 중요합니다. 그런데 복습할 때 복습하더라도 선생님께서 알려 주는 내용을 아무 생각 없이 받아쓰는 것보다 열 가지 중 세 가지라도 머릿속에 정확하게 정리하려고 노력하는 것이 현명합니다.

수업 시간에 자기 것으로 만들지 못한 내용들은 수업이 끝난 후 책을 보면서 정리하면 됩니다. 학생들이 공부하는 시간 중 가장 많이 투자하는 시간이 강의 받는 시간인데, 이 시간을 단순히 정보만 수집하는 시간으로 쓰는 것은 안타까운 일이니까요. 수업 시간은 공부하는 시간이어야 합니다.

수업이 끝난 뒤에 하려고 하지 말고 수업 시간에 공부해야 합니다. 수업 시간을 노트나 책에 받아 적는 시간으로 만들지 말고 공부하는 시간으로 만들어야 합니다. 선생님의 강의 내용을 아무 생각 없이 받아쓰는 어리석은 짓은 이제라도 그만두어야 합니다. 책과 노트를 덮었을 때에 수업 시간에 공부한 내용이 생각나지 않는다면 수업 시간 내내 잠을 잔 것과 크게 다를 바 없음을 알아야 합니다.

선생님이 가르쳐 준 내용은 책을 찾아보면 다 있고, 만약 교과서에 나와 있지 않다면 그것은 굳이 공부할 필요가 없는 것이라고 생각해도 됩니다. 받아쓰지 않으면 영원히 알 방법이 없다는 두려움을 벗어 던질 수 있어야 합니다. 선생님이 하는 농담이나 잔소리까지도 함께하는 것이 중요합니다. 이미 알고 있는 내용이라며 딴짓하는 아이들이 있는데, 이미 알고 있는 내용이라면 복습한다는 마음으로 적극적으로 임하는 것이 좋습니다. 아는 내용이라는 이유로 집중하지 않거나 다른 것을 공부하다 보면 둘 다 놓치게 되기 때문이지요.

수업 시간에 질문과 대답을 적극적으로 하는 것도 매우 중요하고 필요합니다. 질문할 때와 대답할 때는 잡념이 사라지고, 졸음도 오지 않으며, 질문과 대답을 준비하는 과정에서 사고력이 향상되기 때문입니다.

공부의 또 다른 이름은 '학습學習'입니다. '배울 학學'에 '익힐 습習'이지요. 배우는 것만을 공부라 할 수 없고 익히는 것만을 공부라 할 수 없으며 배움과 익힘을 함께했을 때 '공부했다'고 이야기할 수 있습니다.

사교육이 좋은 성적으로 이어지지 않는 것을 보면서 고개를 갸우뚱했었는데, 연구해 보니 이유는 분명하였습니다. 사교육이 성적 향상으로 이어지기는커녕 성적 하락이라는 결과를 가져오는 이유는 '익힘의 시간을 가질 수 없음' 때문이었습니다. 사교육을 통해 배우는 것 자체가 나쁜 결과를 가져온 것이 아니라, 사교육이 익힘의 시간을 빼앗아 버리기 때문에 예상 밖의 결과가 나오는 것임을 알아야 합니다. 사교육이 익힐 시간, 생각할 시간을 빼앗는 훼방꾼 역할을 하기 때문에 성적이 제자리걸음을 하는 것입니다.

공자는 '학이시습지불역열호學而時習之不亦說乎'라고 하였습니다. '배우고 그리고 때때로 그것을 익히면 또한 즐겁지 아니한가'라는 뜻입니다. 배움만으로는 즐거움이 될 수 없고 익힘이 있어야 즐거움이 될 수 있다는 이야기입니다. 배움 뒤에 익힘이 있어야 실력이 쌓여 즐거울 수 있는 것이니 익힘에 힘써야 한다는 것입니다. '학이불사즉망學而不思則罔'이라는 말도 있습니다. 배움만 있고 생각함이 없다면 얻어지는 것이 조금도 없다는 뜻입니다. 배움이 중요하지 않다는 이야기가 아니라 배움만으로는 지식을 쌓을 수 없다는 말입니다.

어찌 공부뿐이겠습니까. 운동도 음악도 미술도 기술도 '배움'과 더불어 필요한 것이 '익힘'과 '생각하기'입니다. 잘 가르치는 선생님에게 배웠다고 모두 훌륭한 학자, 선수, 음악가, 미술가가 되는 것이 아니라 배운 후에 반드시 스스로 연구하고 반복해서 익혀야만 좋은 열매를 맺을 수 있습니다.

교육 문제를 해결할 방법을 오랜 고민 끝에 찾았습니다. 파랑새가 처마 밑에 있었듯 교육 문제의 해법 역시 가까운 곳에 있었습니다. 많이 배우면 오히려 아는 것이 적어진다는, 밤늦게까지 공부하면 오히려 성적이 떨어진다는, 익히지 않으면 배움도 의미가 없다는, 하고 싶어서 하지 않고 억지로 하게 되면 흥미와 효율이 떨어진다는, 자기주도학습이 최선의 방법이라는 것이 그것입니다.

교사도 부모도 욕심을 내려놓아야 합니다. 너무 많이 먹으면 배탈이 나거나 건강을 해치게 되는 것처럼, 지나치게 열심히 뛰면 목적지에 도달하기 전에 주저앉게 되는 것처럼, 지나친 친절은 상대방에게 부담과 고통을 주는 것처럼, 너무 많이 배우게 되면 스스로 공부할 시간을 가질 수 없게 되어 오히려 실력을 쌓을 수 없음을 알아야 합니다. 가르치지 말라는 이야기가 아니라 가르치기는 하되 적당한 선에서 가르침을 멈추고 혼자 익히고 생각할 수 있는 시간을 주고 기다려야 한다는 말입니다.

실력 쌓음은 배움과 익힘을 함께했을 때에만 가능합니다. '배움' 없는 '익힘'도 바람직하지 않지만, '배움'만 있고 '익힘'이 없는 것 역시 바람직한 방법이 아닙니다. 배우기만 할 뿐 익히지 않는다면 자기 지식으로 만들 시간을 갖지 못하여 실력 향상으로 이어질 수 없기 때문입니다. 그렇다면 언제까지 익혀야 할까요? 백지에 공부한 내용을 적을 수 있을 때까지 익혀야 합니다.

누군가에게 설명할 수 있을 때까지 익혀야 하는 것이지요. 어렵다면 조사 정도만 남겨 놓고 지운 다음 읽어 내려갈 수 있을 때까지 익혀야 합니다. '아는 것 같은 것'을 '아는 것'으로 착각하는 아이들이 많은데, 누군가에게 설명하지 못한다면 아는 것이 아니라고 인정해야 합니다.

공부할 내용이 너무 많아 시간이 부족하다고요? 방법이 있습니다. 바로 공부하는 책을 줄이는 것입니다. 많은 책으로 공부하면 공부를 잘할 것 같지만 사실 책이 많으면 오히려 공부를 잘할 수 없습니다. 한 권의 책이어야 반복이 가능하고 반복해야만 자신의 지식으로 만들 수 있기 때문입니다. 한 권의 책을 익히고 또 익혀서 완벽하게 자신의 지식으로 만드는 것이 좋습니다. 교과서 한 권으로 충분한데, 부족하다면 한 권의 참고서만 더하면 됩니다. 시험 문제는 교과서를 중심으로 출제된다는 사실, 그리고 교과서에는 개념이 잘 설명되어 있다는 사실을 알아야 합니다. 참고서는 말 그대로 교과서가 이해되지 않을 때에 참고로 보는 책입니다.

어떤 방법을 사용해서라도 자녀를 명문 대학에 보내고 싶어 하는 부모님의 마음에 누가 돌을 던질 수 있겠습니까? 대한민국의 학부모 중 그 누구도 이 욕심에서 자유로울 수 없고, 저 역시 자녀와 제자들이 공부 잘해서 자신의 뜻을 펼칠 수 있게 되기를 누구 못지않게 소망해 왔으며 앞으로도 그 욕심을 포기하지 못할 것입니다. 공부 욕심을 포기하라는 말이 아니라, '배움'보다 '익힘'을 중요하게 생각하라는 말입니다.

학원 선생님들이 실력 있을까요? 있습니다. 진심으로 인정합니다. 열정이 있을까요. 학교 선생님보다 많지요. 성실할까요? 물론입니다. 그런데 왜 사교육이 좋지 않다고 이야기할까요? '배움'이 중요한 것 아니라 '익힘'이 중요하기 때문이고, 사교육 받느라 익힘의 시간을 갖지 못하면 얻는 것이 없기 때문입니다.

●●● 반복해서 읽으세요

"과목별 표준점수 평균을 시도별로 보면 제주도가 국어A, 수학
A·B, 영어에서 17개 시·도 중 가장 성적이 좋았다. 제주 지역 학
생들의 평균 성적이 다른 시도보다 전반적으로 높은 현상은 2016
학년도 수능에서도 이어졌다."

《동아일보》 2016년 5월 24일자 기사입니다. 2016학년도 수
능시험 과목별 표준점수 평균 1위 지역은 제주도였습니다. 제주
도는 국어 A, 수학 A, 수학 B, 영어 과목 평균점수 전국 1위를 차
지했고, 국어 B만 3위를 하였습니다. 2016학년도뿐 아니라 매년
제주도의 수능 평균 점수는 전국 1위였고, 전 영역에서 1등을 한

해도 많았습니다.

제주도 학생의 수능 평균 점수가 1위라는 사실을 알지 못하는 학생과 학부모가 의외로 많습니다. 대학 입시에 모든 것을 바치 다시피하는 학생과 학부모들이 이 사실을 모른다는 것이 이해가 되지 않습니다. 중요하지 않은 정보라고 생각하기 때문일까요? 그러나 이 자료는 어떻게 공부해야 할지를 알려 주는 중요한 정 보를 담고 있습니다. 사교육과 수학능력시험과의 상관관계, 사 교육이 학력 신장에 도움이 되지 않는다는 사실을 알려 주기 때 문이지요.

대한민국 국민들 대부분은 서울 학생들의 평균 점수가 가장 높을 것이라고 생각하는데, 교육과정평가원이 발표한 최근 5년 간 수능 성적 자료를 살펴보면 서울 학생들의 평균 점수는 전국 17개 시·도 중에서 중간 정도입니다. 서울대학교에서 발표한 논술고사 성적 발표에서도 지방 학생들의 성적이 서울 학생들 의 성적보다 높았습니다. 사교육이 학력 신장에 도움이 되는 것 이 아니라 오히려 학력 신장을 방해한다는 결과이지요. 많은 사 람들이 대치동을 이야기하고, 강남 부자들의 경제력과 아이들의 실력을 연결시키지만 모두 엉터리임을 수능 시험 결과가 이야기 해 주고 있습니다.

서울 강남 아이들이 서울대에 많이 들어가는 것이 사실인데, 그것은 서울 아이들 실력이 뛰어나서, 강남 아이들이 사교육을 많이 받아서, 강남 아이들이 잘 가르치는 선생님에게 배워서가 아님을 알아야 합니다. 서울 인구가 많기 때문에, 전국에서 공부 잘하는 아이들이 강남으로 모여들었기 때문에, 강남 아이들은 재수 삼수를 많이 하기 때문에 1등급 비율이 높은 것일 뿐입니다. 사교육의 역할은 없거나 있어도 마이너스임이 분명합니다.

아무 생각 없이, 묻지도 따져 보지도 않고 아이들을 사교육 시장으로 내모는 가장 큰 이유는 잘 가르치는 선생님에게 배우면 쉽게 잘 알 수 있게 된다고 생각하기 때문입니다. 이 엉터리 확신을 지금이라도 버려야 합니다. 교단에 선 시간이 길어질수록 잘 가르치는 것과 실력 향상은 아무런 상관관계가 없다는, 익힘보다 배움을 중요하게 생각해서는 만족할 만한 결과를 얻을 수 없다는 결론은 더 확고해집니다.

공부 잘하는 비법을 알고 싶어 하는 학생과 학부모들이 많습니다. 왜 알고 싶지 않겠습니까? 국어 점수 잘 나오는 비법을 알려 달라 애걸하는 마음, 논술문 잘 쓰는 방법을 가르쳐 달라고 떼쓰는 사람의 심정을 왜 모르겠습니까? 그런데 오랜 시간 공부 방법을 연구해 온 현직 교사인 저도 비법을 발견하지 못하였습

··· 반복해서 읽으세요

니다. '학문에는 왕도가 없다'는 말이 진리라는 사실만 확인하였지요.

교단에 선 지 얼마 되지 않았을 때에는 제 능력 부족 때문에 답을 못한다고 생각해 진땀을 흘리기도 했는데, 이제는 진땀 흘리지 않고 당당하게 말할 수 있습니다. 쉽게 실력을 쌓을 수 있는 방법은 절대 없다고요. 열심히 읽고 또 읽고, 생각하고 또 생각하는 방법밖에는 없다고요. 불로초가 없는 것처럼 공부 잘하는 비법도 없다고요.

부족하지만 현재까지의 경험과 연구를 통해 알아낸 최상의 학습법은, 이해되지 않으면 이해될 때까지 반복해서 읽고, 생각하고 또 생각하여야 한다는 사실입니다. 모르는 단어가 나오면 국어사전을 찾고, 국어사전의 내용이 조금이라도 이해되지 않으면 국어사전의 풀이에 나오는 단어를 또 찾아서 이해하고, 그것도 충분하지 않으면 한자사전까지 찾아서 이해하는 것입니다. 어휘력이 곧 실력이고 학생이 알아야 할 지식의 상당 부분은 국어사전에 있습니다. 어휘의 정확한 의미를 알아야 학습 내용에 대한 이해가 쉽고 이해가 되어야 암기도 오래가는 것입니다. 귀찮고 시간이 걸린다 하더라도 반드시 국어사전을 펼쳐야 하고, 가능하면 한자사전까지 펼쳐 활용해 보아야 합니다.

대부분의 학생들은 이해되지 않으면 배워야 한다고 생각하는데 배우는 것이 능사가 아닙니다. 반복해서 읽고 스스로 생각해서 알아내는 것이 좋은 방법입니다. 쉽게 얻은 것은 쉽게 잃어버리게 되는 것이 세상의 이치인 것처럼, 쉽게 배워서 알게 된 것은 쉽게 잊어버리는 것이 공부의 이치입니다. 세 번이 아니라 다섯 번이 아니라 열 번이라도 읽어서 스스로 알아내고야 말겠다는 의지를 가져야만 지식이 쌓이는 것입니다. 이것이 공부 잘하는 비법이라면 유일한 비법이지요.

공부는 학생이 하는 것이지 선생님이 해 줄 수 있는 것이 아닙니다. 그리고 강의를 들어서 알게 되는 것이 아니라 책을 읽고 또 읽어서, 생각하고 또 생각해야만 알게 되는 것이지요. 사교육으로 좋은 결과를 낼 수도 없지만 설령 낸다고 하더라도 그 효과는 중학교 때까지입니다. 중학교 과정까지는 내용도 단순하고 사고력도 필요하지 않으니까요.

처음은 누구에게나 어려운 것이라는 사실을 알고서 어렵더라도 포기하지 말고 반복해서 읽고 또 읽어서, 생각하고 또 생각하여서 이해할 것은 이해하고 암기할 것은 암기해야 합니다. 끝까지 읽어도 이해되지 않으면 다시 처음부터 읽고 또 읽어야 합니다. 처음부터 끝까지 생각하면서 30번을 읽겠다는 마음가짐이 필요합니다. 공부는 어려운 일도 아니지만 쉬운 일도 아닙니다. 공부는 머리로 하는 것이지만 사실은 엉덩이로 하는 것입니다. 공부하는 사람을 세상 사람들이 인정해 주는 것도 그의 지식을 높이 평가해서이기도 하지만 그의 인내력을 높이 평가하기 때문입니다.

●●● 진짜 실력은 성취감에서

서울대학교 교수님에게 초등학교 1학년 학생을 가르치게 하면 좋은 결과를 낼 수 있을까요? 명문대 출신 선생님에게 배우면 비명문대 출신 선생님에게 배우는 것보다 나은 결과를 가져올까요? 정답은 없겠지만 명문대 출신 선생님보다 비명문대 출신 선생님에게 배우는 것이 오히려 나은 결과를 가져올 수도 있습니다. 눈높이가 비슷하기 때문이지요. 공부 못하는 아이의 심정을 이해하고 무엇 때문에 어려워하는지를 더 잘 이해할 수 있으니까요.

많이 안다고 잘 가르칠 수 있는 것 아니고, 열심히 가르친다고 잘 알게 되는 것도 아니며, 잘 배운다고 잘 알게 되는 것도 아님

203

●●● 진짜 실력은 성취감에서

니다. 무엇이 부족한지, 왜 어려워하는지, 어떻게 이해시켜야 하는지를 아는 것이 중요하고 학생으로 하여금 배움이 일어나도록 하는 것이 중요합니다. 공부의 주체가 선생이 아니라 학생이기 때문이지요. 선생님에게 잘 배우고 못 배우고가 중요한 것이 아니라 학생이 얼마만큼 의지를 가지느냐가 중요합니다. 같은 선생님에게 같은 시간 동안 같은 내용을 배웠음에도 학생의 실력에는 차이가 큰 현실을 통해서도 이 사실을 확인할 수 있지요.

기우제를 지내면 비가 올까요? 반드시 옵니다. 기우제를 지냈기 때문에 오는 것이 아니라 올 때가 되어서 오는 것이지요. 그러니 기우제 덕에 비가 왔다고 이야기하면 안 되는 것입니다. 사교육도 마찬가지입니다. 사교육 받은 학생의 성적이 오를 수 있습니다. 그러나 그것은 사교육 때문이 아니라 공부에 시간을 투자했기 때문이라고 봐야 합니다. 만약 사교육 받을 시간에 혼자 공부했다면 더 좋은 성적을 거두었을 수 있는 것입니다.

혼자서는 공부하지 않기 때문에 학원에 보내는 것이지 혼자서 잘하면 왜 학원에 보내느냐고 이야기하는 사람이 많은데, 언뜻 들으면 옳은 말인 것 같지만 결코 옳은 말이 아닙니다. 혼자 공부하지 못하는 학생은 과외를 받아도 학원을 다녀도 공부 못하기 때문이지요. 억지로라도 시키면 할 수 있을 것이라는 기대,

다른 방법이 없다는 답답한 마음에 그렇게 결정하는 부모님 마음은 이해하지만 스스로 공부할 줄 모르는 아이는 과외를 받아도, 학원에 앉아 있어도 공부하지 않는 것은 마찬가지입니다. 오히려 스스로 할 기회마저 빼앗겨 스스로 할 수 있는 능력마저 잃어버리게 되고 알고 싶다는 의욕마저 사라지게 됩니다. 교육은 믿음이고 기다림입니다. 혼자서도 잘할 수 있다고 믿고 격려하면서 기다리는 것이 최고의 방법입니다.

서점에 가서 학습법 관련 서적을 훑어보신 적 있으신가요? 사교육이 학력 신장에 도움이 된다는 책은 단 한 권도 없습니다. 모든 책들이 한목소리로 자기주도학습이어야 한다고 이야기하고 있는데 왜 그럴까요? 자기주도학습이 정답이기 때문입니다. 한 권의 책이 나오기 위해서는 많은 연구와 근거가 필요하다는 것을 안다면, 이 사실을 통해서도 자기주도학습이 실력 향상의 정답임을 알 수 있습니다.

어떤 엄마가 열 살짜리 아이에게 밥을 떠먹여 주고 있습니다. 주위 사람들이 "스스로 먹게 하지 왜 먹여 주냐" 말하자, "스스로 먹지 않으니 먹여 주는 것이지요. 스스로 잘 먹으면 왜 먹여 주겠어요"라고 답한다면 그 말에 수긍하시겠습니까? 마찬가지입니다. "스스로 공부하지 않으니까 학원 보내지 혼자 알아서 공부 잘하면 누가 학원에 보내겠어요?"라고 말하는 것은 다 큰 아이 입에 밥을 떠먹여 주면서 스스로 먹지 않으니 어쩔 수 없다고 말하는 것과 같습니다. 한글을 읽을 수 있는 순간부터는 공부도 혼자서 충분히 잘할 수 있습니다. 도와준다고 잘할 수 있는 것이 아니고, 오히려 도와주면 영영 못하게 됩니다.

스스로 공부하는 습관은 지금 당장의 점수보다 중요합니다. 스스로 공부하는 습관을 들이지 않으면 대학에 가서 뒤떨어지고 사회에 나가서도 뒤떨어집니다. 스스로 공부해 보지 않았는데 어떻게 스스로 무슨 일인들 잘할 수 있겠습니까? 훗날 결혼해서 부모의 역할인들 잘할 수 있겠습니까? 마마보이 혹은 마마걸을 좋아하는 배우자가 어디 있겠습니까?

도와준다고 한 일이 도움이 되기는커녕 오히려 가능성을 억누르고 성취의 기쁨을 빼앗을 수 있습니다. 고된 훈련 없이는 훌륭한 선수가 될 수 없고, 힘든 연습의 시간 없이는 훌륭한 연주자가 될 수 없습니다. 성장에는 반드시 고통이 따르기 마련이라는, 실패 없이는 성공도 없다는 평범한 진리를 되새겨야 합니다. "내가 해냈어. 나 스스로의 힘으로 해냈어"라고 소리치며 기뻐할 수 있는 기회를 빼앗지 말아야 합니다. 낑낑대면서 스스로 해결해 내는 모습을 흐뭇한 마음으로 지켜볼 수 있어야 하는 이유는 스스로의 힘으로 해냈을 때에 기쁨도 온전히 자신의 것이 되고 자신감도 생길 수 있기 때문입니다. 더 중요한 것은 그 과정에서 진짜 실력이 쌓인다는 사실이지요.

'독서백편의자현讀書百遍義自見'은 제가 학생들에게 자주 들려주는 말입니다. 중국 삼국시대 위나라 학자였던 동우董遇라는 사람은, 배움을 청하러 오는 사람들에게 "마땅히 먼저 백 번을 읽어야 한다. 책을 백 번 읽으면 그 뜻이 저절로 드러난다(讀書百遍義自見)"라고 하면서 가르치기를 사양했다고 하지요. 모든 지식이 책 속에 있으니 자신에게 묻지 말고 책을 읽으라는, 책이 자신보다 더 정확하고 명료하게 설명하고 있으니 책 속에서 진리를 찾으라는 가르침입니다.

아이에게 자기 결정권을 주는 것이 중요합니다. 인간은 누구나 자신의 결정에 대해 책임을 지려 하는 경향이 있고, 자신이 결정하지 않은 일에 대해서는 최선의 노력을 하지 않는 경향이 있기 때문입니다.

'텔레비전'의 또 다른 이름은 '바보상자'입니다. 아무 생각 없이 멍하니 바라보게만 만들기 때문이지요. 그런데 우리는 아이들에게 바보상자인 텔레비전을 보라고 권하고 있습니다. EBS 수능 교육방송 내용의 70~80퍼센트가 수능 시험에 출제된다는 발표 뒤, EBS 수능 강의 시청은 수험생에게 어마어마하게 중요한 일이 되어 버렸고, 아이들은 바보상자 앞에서 바보가 되고 말았습니다.

텔레비전의 매력은 '쉽다'는 것입니다. 앉아서든 누워서든 그냥 쳐다만 보면 되니까요. 생각하지 않아도 되고 반응하지 않아도 되며 한눈 팔아도 되고 딴생각해도 되며 잠을 자도 괜찮으니까요. 텔레비전은 질문을 던지지 않고 간섭하지도 않고 귀찮게 하지도 않고 눈치 주지도 않습니다. 보는 내내 아무런 부담이 없지요. 세상에 이만큼 편한 상대가 있을까 싶습니다.

방송국이 많아지고 채널이 다양해져서 텔레비전을 통해 명강사 명교수님들의 강의를 접하곤 합니다. 쉽고도 재미있고 명쾌한 강의에 감탄합니다. 그런데 하루만 지나도 그 내용을 되새기려 하면 거의 기억나지 않습니다. 정말로 열심히 들었는데 생각나는 것은 단순한 내용 한두 가지뿐이고, 그것마저도 일주일이 지나면 기억 속에서 사라져 버립니다.

사고력을 길러야 한다고 이야기하고, 대학수학능력시험은 사고력을 측정하는 시험이라고 외치면서 사고력을 저하시키는 텔레비전을 보라 하는 것, 그것도 잠도 자지 말고 보라고 강요하는 것은 모순 중의 모순 아닌가요? 밤에 숙면을 취해야 할 아이들에게 밤늦게까지 텔레비전 앞에 앉아 있으라고 강요하는 코미디가 또 어디에 있을까 싶습니다.

훌륭한 강사와 양질의 강의로 가득한 EBS 강의를 열심히 시청하면 실력이 껑충껑충 향상될 것이라고 믿는 사람들에게 묻고 싶습니다. 당신이 가진 지식이나 지혜가 텔레비전 강의를 통해 얻은 것이냐고요. 강의를 들을 때에는 이해되고 아는 것 같은 느낌이 들겠지만 그것이 진짜 지식으로 연결되지 않는다는 사실, 수동적으로 듣기만 해서는 자신의 지식으로 만들 수 없다는 사실을 정말로 모르시냐고요.

주말에 교회에 갔다는 학생을 나오라 하여 목사님께 들은 설교 내용을 이야기해 보라 하였을 때 2분 넘게 이야기하는 학생은 거의 없었습니다. 대부분의 학생들은 전혀 생각나지 않는다고 이야기합니다. 졸지도 장난치지도 않고 열심히 들었다고 합니다. 그런데 왜 2,3일 전에 들었던 내용이 전혀 생각나지 않는 것일까요? 자신의 지식으로 만들겠다는 의지가 없었기 때문이고, 한 번만 들었기 때문입니다. 아무리 머리가 좋다고 하더라도 간단한 이야기가 아닌 이상, 한 번 듣고 그 내용을 누군가에게 설명해 주기란 어렵습니다. 공부 내용은 더더욱 그렇지요. 결코 쉽거나 간단한 내용이 아니고 재미있는 사건도 아닌데 한 번 들어서 자기 지식으로 만들 수는 없습니다.

정규 수업 시간에 선생님의 강의를 듣고, 보충수업 시간에 강의 듣고, 학원 선생님 강의 듣고, 과외 선생님 강의 듣고, EBS 강의 듣고, 인터넷 강의 듣고, 듣고 듣고 또 듣고 듣고…. 도대체 언제 차분하게 앉아서 자기 공부를 할 수 있을까요? 익히는 시간은 언제 가질 것이며, 생각할 시간은 또 언제 가질 수 있나요? 도

대체 아이들의 실력을 향상시키자는 것인지 떨어뜨리자는 것인지, 실력을 기르자는 것인지 죽이자는 것인지 의심을 품지 않을 수 없습니다.

공군사관학교에 합격한 제자가 찾아왔습니다. 고등학교 3년 동안 사교육은 한 시간도 하지 않았고 자기주도학습만 했던 제자였는데, 공군사관학교에서 최상위권 성적을 거두고 있다면서 고등학교 때 자기주도학습을 한 덕분이라고 하였습니다. 그 제자뿐 아니라 서울대를 비롯하여 소위 명문대에 진학한 우리 학교 졸업생들의 공통점은 사교육을 거의 받지 않았고, EBS 방송이나 인터넷 강의에 크게 관심을 두지 않았으며, 학교 수업만으로 '배움'은 끝내고 스스로 탐구하는 시간을 많이 가졌다는 점입니다.

EBS 강의, 인터넷 강의를 듣지 않아도 얼마든지 좋은 결과를 거둘 수 있습니다. 학원을 다니지 않는 재수생이라면 하루 종일 책만 보는 것이 따분하니 인터넷 강의를 들어 보는 것도 괜찮은 방법일 수 있습니다. 하지만 학원에 다니는 재수생이나 학교에서 수업 받는 학생이라면 '배움'은 수업으로 충분합니다. EBS 강의를 듣는다는 것은 사교육과 마찬가지로 자기 공부할 시간을 빼앗기는 어리석은 일입니다. EBS 강의 내용이 꼭 필요하다면 방송 교재로 공부하면 됩니다. 수능에 출제되는 것은 EBS 강의가 아니라 EBS 교재에 담긴 내용이니까요. 이제라도 배우는 시간을 학생 스스로가 익히는 시간으로, 생각하는 시간으로 바꾸어 주면 좋겠습니다.

졸업한 제자들에게 물어보면 탐구 과목, 그러니까 사회 · 과학 과목은 인터넷 강의의 효과를 조금 보았지만, 사고력을 필요로 하는 국어 · 영어 · 수학 과목은 도움을 받지 못하였다고 이구동성으로 이야기합니다. EBS 강의나 인터넷 강의는 텔레비전을 보는 것이고 바보상자 텔레비전은 생각할 시간을 주지 않는다는 사실을 다시 한 번 이야기하고 싶습니다.

수학능력시험은 사고력을 측정하는 시험입니다. 바보상자인 텔레비전은 사고력 향상을 방해합니다. 유창한 EBS 강의나 인터넷 강의에 현혹되지 않았으면 좋겠습니다. 제 생각이 아니라 제가 만난 수학능력시험을 치른 학생들의 경험담입니다.

●●●　몰라도 생각, 또 생각하세요

　　　　　　　　　　　대학수학능력시험은 사고력
思考力을 측정하는 시험입니다. 삶의 질을 높이고 국가 경쟁력을
강화하는 핵심 능력인 '사고력' 향상을 위해 기존의 학력고사를
버리고 도입한 시험이 대학수학능력시험입니다. 하지만 안타깝
게도 교육 현장에서는 사고력을 기르는 교육이 이루어지지 못하
고 있습니다.

　사고력은 배움이나 암기로는 향상시킬 수 없고 스스로 탐구함
으로써만 향상시킬 수 있습니다. 열심히 배우는 것보다 열심히
생각하는 것이 중요한 이유이지요. 여유를 가지고, 자신을 믿고,
비판적 시각으로 이렇게 저렇게 생각해 보는 기회를 많이 가지

는 것이 필요합니다. 사고력이 뒷받침되면 지식도 지혜도 괄목 상대刮目相對하게 성장할 것이기 때문입니다.

스스로 힘들게 고민하고 탐구하는 노력 없이 얻은 지식은 자신의 지식이 되기 어렵습니다. 한 번 듣고 고개를 끄덕거리는 것으로 공부를 마무리하는 것은 잘못된 학습 방법입니다. 학부모와 선생님들은 가르치는 데에만 힘쓸 것이 아니라 학생들 스스로 탐구할 수 있도록 도와주어야 합니다.

요즘 학생들의 지적 능력은 많이 부족합니다. 피상적으로 알고 있는 것은 많을지 몰라도 정확하게 아는 것은 극히 적고, 객관식 문제의 답을 골라내는 능력은 있지만 서술할 수 있는 능력은 많이 부족합니다. 엄청나게 많은 시간과 돈을 들여 공부하고 있음에도 아는 것이 너무 적습니다. 암기하라 하기 이전에 이해시켜 주어야 하고, 이해시키려면 개념을 분명히 알 수 있도록 도와주어야 하는데 대부분의 선생님과 부모님들은 빨리빨리 암기하라고 윽박지를 뿐 스스로 생각하여 깨달을 기회조차 주지 않습니다.

학생들이나 학부모님들께 자기주도학습의 중요성을 이야기할 때마다 돌아오는 대답은 수학만큼은 혼자서 할 수 없고 사교육이 필요하다는 것입니다. 그럴 때마다 저는 더 큰소리로 오히려 수학만큼은 혼자 해야 실력이 향상된다고 이야기합니다. 수학은 실용적인 학문이기도 하지만 '사고력'을 신장시키기 위한 공부, 머리에 쥐나라고 하는 공부입니다. 운동선수가 땀 흘리지 않고 지구력과 근력을 키울 수 없는 것처럼 머리에 쥐가 나도록 고민하는 과정 없이는 사고력도 기를 수 없기 때문입니다. 배울 때가 아니라 혼자서 낑낑거리며 궁리할 때 머리에 쥐가 나는 것이고 그것이 사고력을 향상시키는 일이 되는 것임을 알아야 합니다.

그렇습니다. 사고력은 선천적 능력이기도 하지만 끊임없이 생각하고 고민하는 과정 속에서 길러지는 능력이기도 합니다. 체력을 기르고 싶다면 몸을 많이 움직여야 하듯, 두뇌 활동을 활발하게 하고 싶다면 평소에 머리 쥐나는 훈련을 많이 해야만 합니다. 강의를 듣고 있을 때에 두뇌 활동이 활발할까요? 아니면 책을 보면서 스스로 문제를 분석하고 해결하려 노력할 때에 두뇌 활동이 활발할까요? 홀로 1시간 동안 문제를 붙잡고 씨름할 때와 1시간 동안 강의를 들었을 때, 언제 더 피로하던가요? 그렇습니다. 혼자서 문제를 풀 때 훨씬 많은 피로를 느낍니다. 혼자서 낑낑될 때 두뇌 활동이 활발하다는 증거이지요. 일방적으로 강의를 듣는 공부보다 책을 가지고 스스로 하는 공부가 사고력 향상에 도움이 된다는 이야기입니다.

모르는데 어떻게 혼자 하느냐는 볼멘소리를 하는 사람이 있습니다. 모르면 배워야 하는 것 아니냐고 큰소리치는 사람도 있습니다. 컴퓨터게임 잘하는 아이들 누구에게 배워서 잘 할까요? 축구 잘하는 아이 누구에게 배웠을까요? 배워서 잘하는 아이 없습니다. 열심히 많이 했기 때문에 잘하는 것입니다.

공부 역시 선생님이 알려주는 내용 책 속에 몽땅 다 있기 때문에 시간을 가지고 책을 참고하면서 혼자서 낑낑대다 보면 분명히 해결할 수 있습니다. 시간이 걸리긴 하지만 혼자서도 충분히 할 수 있습니다. 비효율적이라고요? 아닙니다. 배워서 알게 된 10개의 지식은 수명도 짧고 활용도도 낮지만 스스로 탐구하여 알게 된 3개의 지식은 수명도 길고 활용도도 높습니다. 꼬마 아이가 부모님과 함께 길을 걷다가 넘어지면 울면서 일어나지 않지만, 혼자 길을 걷다가 넘어지면 울지도 않고 곧바로 일어나 가던 길을 씩씩하게 걸어간다는 사실을 기억하시면 좋겠습니다.

군이 누군가에게 꼭 배워야 한다면 선생님보다는 친구가 더 좋을 수 있습니다. 선생님은 아무래도 어렵고 거리감이 있기에 대충 알면서도 완전히 알았다고 대답하게 되고 궁금하더라도 끝까지 캐묻지 못하지만 친구에게는 모르는 것은 모른다고 말하면서 끝까지 캐물을 수 있어 완벽하게 자신의 지식으로 만들 수 있기 때문입니다. 가르쳐 주는 친구에게 미안해할 이유도 없습니다. 가르치는 친구 역시 가르치면서 실력을 쌓을 수 있으니까요. 가르치는 시간에는 정신이 집중되는 것이고 부족한 것이 무엇인지 확인할 수 있게 되어 공부를 더 잘할 수 있게 됩니다. 가르치는 것이 곧 공부하는 것이 되니까요.

수학능력시험 점수는 공부하는 시간의 많고 적음보다는 얼마만큼 깊게 생각하였느냐에 의해서 결정됩니다. 생각하는 습관을 길러야 하는 이유이지요. 수학 문제를 풀 때 잠깐 생각해 본 다음 어렵다고 중얼거리면서 부리나케 해설지를 펼쳐 보아서는 안 됩니다. 영어 문장을 독해할 때도 조급하게 해설지를 펼치지 말고, 문장부호까지 꼼꼼하게 보면서 생각하고 생각해 보아야 합니다. 영어사전은 물론 국어사전까지 찾고 또 찾으면서, 고개를 갸우뚱거리면서 생각하고 또 생각하면서 글의 의미를 완전하게 이해하려고 노력해야 합니다. 아무 생각 없이 어설프게 공부하면 잘 모르지만 꼼꼼히 공부하다 보면 대부분의 공부가 실생활과 관련 있음을 확인할 수 있을 것인데, 실생활과의 관련성을 찾아내는 것도 공부에 흥미를 붙일 수 있는 좋은 방법입니다.

생각만 하고 배우지 않는 것도 위태롭지만, 배우기만 하고 생각하지 않는 것은 더더욱 위태롭습니다. 공자님도, '어찌할까?

어떻게 하나?'하면서 걱정만 하고 깊이 생각하지 않은 사람은 자신도 도와줄 방법이 없다고 하였습니다. 주자朱子 역시 의문을 적게 가지면 조금 앞으로 나아가고 의문을 많이 가지면 크게 발전한다고 하였습니다. 생각해야 합니다. 배우기 전에 생각해야 하고 배우는 과정에서 또 생각해야 합니다. 생각하는 일은 공부에서뿐 아니라 어떤 일에서도 보물을 찾아 쌓아 가는 아름다운 과정입니다.

생각하는 일이 쉽지 않다는 것 모르지 않습니다. 생각하는 일이 육체노동보다 힘들고 고통스러운 일이며, 생각하는 과정에서 자신의 생각이 정말로 옳은 것인지에 대한 의문이 수시로 찾아와 괴로울 수 있다는 사실도 잘 압니다. 그러함에도 생각하고 또 생각해야 합니다. 다른 일과 마찬가지로 생각하는 일도 처음에는 어렵지만 습관이 들게 되면 어렵지 않기 때문입니다.

그래도, 부모

●●●　국어사전을 끼고 사세요

　　　　　　　독서의 중요성은 백 번 이야
기해도 지나치지 않지만 그렇다고 해서 무작정 책만 읽는 것이
능사는 아닙니다. 다산 정약용 선생은 유배지에서 자녀들에게
독서법(공부법)에 대해 다음과 같이 말한 바 있지요.

"내가 몇 년 전부터 독서에 대하여 자못 깨달았는데, 헛되이 그
　냥 읽기만 하는 것은 하루에 백 번 천 번을 읽어도 오히려 읽지
　않는 것이다. 무릇 독서할 때 늘 도중에 한 글자라도 의미를 모르
　는 내용을 만나면 모름지기 널리 고찰考察하고 세밀하게 연구研
　究하여 그 근본 뿌리를 깨달아 글 전체를 이해할 수 있어야 한다.

날마다 이런 식으로 책을 읽는다면 한 가지 책을 읽더라도 수백 가지의 책을 아울러 엿보는 것이다. 이렇게 읽어야 읽은 책의 의리義理(뜻과 이치)를 환히 꿰뚫어 알 수 있으니 이 점을 꼭 알아야 한다."

누구든 거침없이 글을 읽어 내려갑니다. 초등학교 1학년생일지라도 교과서는 물론이고 신문, 시험지, 심지어 박사 학위 논문을 읽어 내려가는 데에도 아무런 문제가 없습니다. 과학적 문자인 한글 덕분이지요. 하지만 읽는다고 그 의미까지 이해하였다고 할 수는 없습니다. 유치원생이 신문을 막힘없이 읽어 내려간다고 해서 그것을 '읽었다'라고 이야기할 수 없다는 말입니다. 내용을 이해하고 음미할 수 있어야, 그리고 읽은 내용을 남에게 자신 있게 이야기할 수 있어야 읽었다고 할 수 있는 것입니다.

독서에서 중요한 것은 글자 읽는 능력이 아니라 의미를 파악하는 능력입니다. 읽었지만 내용을 이해하지 못하거나 전달할 수 없다면 읽었다고 할 수 없습니다. 사물의 참맛을 깨닫지 못함을 일컬어 '봉사 단청丹靑 구경하기'라고 하는데, 글을 읽기는 하였으나 뜻을 이해하지 못하는 것이 이런 경우일 것입니다.

글을 이해하는 핵심 열쇠는 어휘입니다. 단어의 의미를 모르면 문장이나 글의 내용을 알 수 없습니다. 그렇지만 안타깝게도 대다수 아이들은 모르는 단어가 나와도 그냥 읽어 내려갑니다. 사전 찾기 귀찮다면서, 또 시간이 아깝다면서 읽기를 멈추지 않고 그냥 읽어 내려갑니다. 단어의 정확한 의미를 알고 내용의 의미를 이해해야 하는데 문맥을 통해 대충 넘겨짚거나 아예 모르면서도 그냥 읽어 내려갑니다. 내용을 완전하게 이해하지 못한 상태로 읽는 것은 읽지 않는 것과 같음을 모르지 않으면서도 습관적으로 그냥 읽어 내려갑니다.

무슨 일에서든 기초가 중요합니다. 공부에서는 독해가 기초이고 독해의 기초는 어휘인데, 어휘력이 없다면 문장의 의미를 이해하지 못하게 되고 당연히 지식을 쌓을 수도 없습니다. 조선 후기 실학자 홍대용도 《여매헌서與梅軒書》에서 "책을 볼 때에는 마음속으로 그 문장을 외면서 그 뜻을 곰곰이 생각하여 찾되 주석註釋을 참고하고 마음을 가라앉혀 궁구窮究해야 한다."라고 하였습니다. 주석註釋은 지금의 사전 역할을 하는 어휘 풀이를 가리킵니다.

국어사전이 공부의 가장 기본 도구임에도 불구하고 학생들의 책상 위에는 국어사전이 없습니다. 책상 위에만 없는 것이 아니라 가방 속에도 없고 사물함에도 없습니다. 영어 단어는 전자사전을 이용해서 찾아보기도 하지만 국어 어휘는 아예 찾으려 하지도 않습니다. 사랑하는 자식이 수박의 겉만 핥고 있다면 어떻게 해야 할까요? 그냥 보고만 있어서는 안 되지요. 칼을 가져다주면서 스스로 잘라 먹어 보고 수박의 참맛을 알 수 있도록 도와주어야 하겠지요. 정확한 단어의 의미를 알아서 글의 참맛을 알도록, 열 개를 대충 아는 것보다 하나라도 확실하게 알도록 도와주어야 합니다.

국어사전 없이 공부하겠다고 덤비는 것은 창도 방패도 없이 전쟁터에 나가는 행동이며 맨손으로 우물을 파는 것과 같은 어리석음입니다. 언어는 의사소통의 도구이기 때문에 어휘의 정확한 의미를 아는 것은 사회적 약속 이행의 첫걸음이면서 학습의 기본입니다. 국어사전으로 부족하다면 한자사전은 물론, 백과사전까지 찾아 정확한 의미를 알아내야 합니다.

'쓴 것이 약'이라고 하였습니다. 당장은 싫거나 달갑지 않지만 실상은 그것이 도움이 되거나 좋은 교훈이 됨을 일컫는 말입니다. 사전을 펼치는 일이 당장은 귀찮을 수 있지만 결국은 지식의 원천이 되어서 머지않은 훗날에 무엇보다 확실한 보약이 되어서 돌아올 것입니다.

••• 한자는 포기할 수 없는 공부 도구

'개장수도 올가미가 있어야 한다'고 하였습니다. 어떤 일을 하든 작업에 필요한 준비와 도구가 있어야 한다는 뜻입니다. 공부를 잘하기 위해서는 선생님의 가르침(배움)과 함께 독서, 탐구심, 성실함 등이 필요한데 거기에 한 가지 덧붙인다면 한자어의 음과 훈을 아는 능력, 곧 한자 실력입니다.

"책은 그것이 쓰일 때처럼 신중하게 읽어야 한다"라는 말이 있습니다. 수박 겉핥기 식으로가 아니라 어휘 하나하나에 신경을 쓰면서 읽어야 한다는 의미인데, 한자문화권인 우리에게 필요한 것이 한자입니다. 한자를 모른다고 일상생활이나 공부가 불가능한 것은 아니지만, 한자를 아는 것과 비교하였을 때에 효율이나 즐거움 면에서 차이가 큽니다.

한글만으로 공부하는 것이 삽으로 땅을 파는 행위라면 한자를 활용하여 공부하는 것은 굴삭기로 땅을 파는 것과 같습니다. 공부를 잘하고 싶다면 무엇보다 한자 익히기가 선행되어야 하고 국어사전과 한자사전을 늘 가까이 해야 합니다. 한자는 이해력과 암기력을 북돋우며 효율성과 흥미까지 높여 줍니다. 한자 실력 없이 공부 잘하기를 욕심내는 것은 나무에 올라가 물고기를 잡으려는 것과 같습니다. 어떤 일이든 가장 중요한 것은 기초입니다. 공부도 기초를 쌓는 것이 중요한데, 유럽 문화권에서 라틴어가 기초라면, 아시아 문화권에서는 한자가 기초입니다.

젊은 날 책을 많이 읽지 못한 것에 대한 후회와 함께, 한자를 알지 못하여 공부를 재미없게 하고 어렵게 했다는 것이 내내 아쉬움으로 남습니다. 책 읽지 않는 것이야 제 탓이지만, 어휘의 중요성을 이야기해 주지 않고 어휘를 한자로 풀어서 설명해 주지 않은 것은 선생님의 잘못이라는 생각을 해 봅니다. 선생님들이 한자를 이용하여 설명해 주셨다면 좀 더 재미있고 효율적으로 공부했을 텐데 하는 아쉬움이 남습니다.

'이륙'과 '착륙'을 헷갈렸고 '국경일'과 '공휴일'의 차이도 정확하게 알지 못했으며, 4분의 3과 3분의 4를 놓고 무엇이 '진분수'이고 무엇이 '가분수'인지 고민했습니다. 'to 부정사'가 무엇인지도 모르면서 '명사적 용법' '형용사적 용법'을 노트에 적기 바빴고, '방정식'과 '항등식'의 개념을 알지도 못한 채 암기한 공식에 맞추어서 문제 풀이에만 급급했습니다. 공부는 재미없고 성적은 제자리걸음이었으며 꿈이 오그라들기만 한 것은 당연한 결과였습니다.

 '떠날 이離' '붙을 착着'이라고만 말해 주었어도 이륙離陸과 착륙着陸을 혼동하지 않았을 것이고, 국경일國慶日은 '나라 국國' '경사스러울 경慶' '날 일日'이고, 공휴일公休日은 '여러 공公' '쉴 휴休' '날 일日'이라는 사실을 누군가 귀띔만 해 주었더라도 확실하게 이해하여 구분할 수 있었을 것입니다. "분수分數는 '나눌 분分' '숫자 수數'로 1보다 작은 숫자를 나타내기 위해 만들었단다. 그러니 1보다 작으면 진짜 분수라는 의미로 '참 진眞'을 써서 '진분수'라 하고, 1보다 크면 거짓 분수라는 의미로 '거짓 가假'를 써서 '가분수'라 하는 것이야"라고 설명해 주었다면 삶도 공부도 재미있지 않았을까 하는 생각을 돋보기를 쓸까 말까 고민하는 지금에서야 해 봅니다.

 양말은 왜 양말일까요? 두 개가 짝을 이루었기 때문이 아니라

'서양 양洋' '버선 말襪'로 '서양의 버선'이기에 양말洋襪입니다. 마찬가지로 서양 의복이어서 양복洋服, 서양 음식이어서 양식洋食, 가벼운(간단한) 서양 음식이기에 '가벼울 경輕'의 경양식輕洋食입니다. 서양 의술로 만든 약이기에 양약洋藥, 병인년丙寅年에 서양인에 의해 일어난 어지러움(난리)이기에 '어지러울 요擾'의 병인양요丙寅洋擾이지요. 양洋배추, 양장洋裝, 양옥洋屋, 양주洋酒의 '양' 역시 '서양'이라는 의미입니다.

가장 고등한 동물군動物群으로 젖을 먹여 기르는 동물을 '먹일 포哺' '젖 유乳'를 써서 포유류哺乳類라 하고, 달팽이·문어·조개 등을 '부드러울 연軟' '몸 체體'를 써서 연체동물軟體動物이라 합니다. 곤충류·갑각류·바다거미류 등은 '마디 절節'에 '사지 지肢'의 절지동물節肢動物이지요. 지렁이·거머리 등은 이들의 단면 모양이 고리 모양으로 생겼기 때문에 '고리 환環'과 '모양 형形'의 환형동물環形動物이고, 뱀이나 거북이는 '기어 다닐 파爬'의 파충류爬蟲類입니다. 충蟲은 꼭 벌레가 아니라 동물의 총칭입니다. 개구리나 도롱뇽 등은 '둘 양兩' '깃들 서棲'를 써서 양서류兩棲類라 하는데, 물과 육지 두 곳에 깃들어 살아간다는 의미입니다.

불(화산 활동)에 의해 이루어진 암석이기에 '불 화火' '이룰 성

成'의 화성암火成巖이고, 물질이 쌓여서 이루어진 암석이기에 '쌓을 퇴堆' '쌓을 적積'의 퇴적암堆積巖입니다. 일정한 차이로 숫자가 나열되었기에 '같을 등等' '차이 차差' '숫자 수數' '나열할 열列'의 등차수열等差數列이고, 일정한 비율로 숫자가 나열되었기에 '비율 비比'의 등비수열等比數列입니다. 죽지랑을 사모하는 노래이기에 '사모할 모慕'의 〈모죽지랑가慕竹旨郞歌〉이고, 죽은 누이를 제사지내는 노래이기에 '제사 제祭' '죽을 망亡' '누이 매妹'의 제망매가祭亡妹歌입니다.

교과서의 어휘는 물론이고 일상생활에 쓰이는 어휘의 대부분도 한자어입니다. 이렇게 한자어가 중요함에도 대부분의 학생들은 한자를 멀리합니다. 이유는 어렵기 때문입니다. 물론 쉽지 않습니다. 그렇지만 어려운 것도 절대 아닙니다. 영어 공부하는 시간의 10분의 1, 수학 공부하는 시간의 10분의 1만 투자해도 중학교 졸업 이전에 공부와 생활에 필요한 한자 1,800자를 완벽하게 익힐 수 있습니다. 일본이나 중국 학생들 대부분이 1,800자 정도는 알고 있고, 옛날 어른들도 2,000자 정도는 알았습니다.

부수 한자 214자를 외우고 나면 그 다음은 크게 어렵지 않습니다. 그 214자를 이렇게 저렇게 조합하여 새로운 글자를 만들었기에 한 글자 한 글자 따로 배우지 않아도 글자를 보는 순간

··· 한자는 포기할 수 없는 공부 도구

음音(소리)과 훈訓(의미)을 유추해 낼 수 있으니까요. '푸를 청青'을 알고 '물 수(水=氵)', '태양 일日', '마음 심心=忄' '쌀 미米' '말씀 언言'을 알면 '물 맑을 청淸' '날씨 맑은 청晴' '감정 정情' '자세할 정精' '부를 청請'도 쉽게 알 수 있다는 이야기입니다.

쓰는 능력까지 갖추면 좋겠지만 읽는 능력만 갖추어도 큰 문제는 없습니다. '반도'를 '반절 반半' '섬 도島'로 이해할 수 있는 능력만 있으면 되고, '냉장고'를 '찰 냉冷' '저장할 장藏' '창고 고庫'로 생각할 수만 있으면 됩니다. 한자는 구구단과 마찬가지로 반드시 알아야 할 중요하고 필요한 도구입니다.

우리나라 글자인 한글은 세계에서 가장 과학적이며 익히기 쉬운 문자입니다. 그런데 쉽게 읽을 수 있게 되니 생각 없이 대충 읽어 내려가게 되고 그러다 보니 쉽게 잊어버리게 됩니다. 또 읽는 데 지장이 없으니 의미를 모르면서도 국어사전도 찾아보지 않고 대충 넘어가게 되고, 그러다 보면 정확한 지식을 습득할 수 없게 됩니다. 재미를 느낄 수 없으며 실력 향상도 기대할 수 없게 되는 것이지요.

한자漢字, 쉽든 어렵든, 좋든 싫든 넘어야 할 산입니다. 구구단이 그러한 것처럼요.

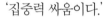

••• 집중력 올리는 예습의 힘

'집중력 싸움이다.'

스포츠 중계방송에서 자주 듣는 말입니다. 그렇습니다. 어떤 일을 하든 집중력은 매우 중요합니다. 공부에서야 더 말할 필요가 없지요. 집중하지 못한 채 10시간 책상 앞에 앉아 있는 것보다 1시간이라도 집중력 있게 공부하는 것이 좋은 결과를 가져오니까요.

아는 만큼 보인다고 합니다. 역시 옳은 말입니다. 마찬가지로 아는 만큼 집중할 수 있습니다. 예습이 중요한 이유입니다. 예습하여 어렴풋하게나마 알게 되면 흥미가 생기고, 그 흥미는 집중력 향상으로 이어질 것입니다. 목마른 상태에서 마시는 물이 더

달콤하고 몸에 활기를 불어넣듯, 새로운 것에 대한 궁금함과 호기심이 알고 싶다는 욕심으로 이어지면 수업에 집중할 수 있게 되고 당연하게 실력 향상으로 연결될 수 있습니다. 선생님이 설명하는 것이 무엇인지 조금이라도 알아야 확실하게 알겠다는 욕심으로 알려고 덤빌 수 있게 되는 것이지요. 알고 싶은 욕심이 지식을 만드는 원천이 됩니다.

예습이 선행 학습은 아닙니다. 두 가지를 혼동하는 사람이 많은데, 예습은 다음 시간이나 다다음 시간에 배울 것을 공부하는 것이고 선행 학습은 한 학기나 두 학기 이후에 배울 내용, 그러니까 오늘이나 내일 배울 내용과는 아무 연관이 없는 내용을 공부하는 것입니다. 선행 학습의 내용은 현재의 공부와 연결되지 않기 때문에 어렵게 느껴지지만, 예습은 지금 하는 공부와 연결되기 때문에 어렵게 느껴지지 않습니다. 또한 선행 학습이 억지로 떠밀려 수동적으로 하는 공부라면, 예습은 스스로 호기심을 갖고 뭔가를 알아내려는 노력의 과정입니다.

예습이 복습보다 중요한 이유는 수업 시간 집중력에 미치는 영향이 크기 때문입니다. 예습을 하면 예습을 하지 않을 때보다 수업에 훨씬 집중할 수 있게 됩니다. 예습 없이 수업에 임하는 것은 목적지 없이 집을 나서는 것과 같다고 할 수 있습니다.

예습은 배우게 될 내용을 완전하게 숙지하려는 목적으로 공부하는 것이 아닙니다. 배우게 될 내용이 무엇인지를 생각해 보는 것, 자신이 현재 모르고 있다는 사실을 확인하는 것, 그래서 알고 싶다는 마음이 생기게 하는 것까지가 예습입니다. 예습이 복습보다 힘들고 짜증스러운 일이긴 하지만, 대부분의 세상일이 그러하듯 힘들고 짜증스러운 만큼 효과가 큽니다.

공부를 잘하느냐 못 하느냐는 집중력의 차이에서 비롯된다고 하였습니다. 집중력을 높이기 위해서는 먼저 자신이 모르고 있다는 사실을 인식하여 알고 싶은 욕구를 불러일으켜야 하고요. 모른다는 사실을 깨닫기 위해서라도 예습해야 하고, 알고 싶은 욕구를 불러일으키기 위해서도 예습해야 합니다.

예습을 하다 보면 알고 있는 것도 있고 알 듯 모를 듯한 것도 있으며 도무지 알 수 없는 것도 있습니다. 아는 것은 알기 때문에 재미가 있어서 수업에 집중하게 되고, 알 듯 모를 듯한 것은 호기심이 생겨서 집중할 수 있으며, 전혀 알 수 없는 것은 선생님의 강의를 듣고서 알아내고야 말겠다는 욕심으로 집중하게 됩니다. 공부의 핵심은 집중력과 흥미입니다. 집중력과 흥미를 갖고 학습에 임하기 위해서라도 예습은 반드시 필요합니다.

몇 년 전부터 수업 시작과 동시에 10여 분 동안 학생들에게 예습할 시간을 줍니다. 수업 시간의 일부를 떼어 예습하도록 하는 것이 바람직한 일은 아니지만 학생들이 예습을 하지 않기 때문에, 또 현실적으로 아이들이 예습할 시간을 확보하기 어렵다는 사실을 알기 때문에 어쩔 수 없이 선택한 방법입니다. 예습 없이는 학습 효과를 기대하기 어렵다는 사실을 알았기에 선택한 고육지책苦肉之策인 것이지요.

도박을 끊지 못하고 계속하는 이유는 이길 듯 이길 듯하기 때문이고, 복권을 계속해서 사는 이유 역시 당첨될 듯 당첨될 듯하기 때문입니다. 가능성 없는 일에는 관심을 두지 않지만 가능성이 있는 일에는 집착하게 되는 것이 인간의 마음입니다. 공부에서 예습이 필요한 이유입니다. 조금이라도 아는 것이 있어야만 그 작고 어설픈 앎을 바탕으로 수업에 집중하여 많은 것을 알수 있게 되는 법입니다.

언제부터인가 테니스 관련 사이트에 자주 접속하고, 시간이 허락되면 테니스 코트를 찾아가 다른 사람들의 시합을 구경하기도 합니다. 7, 8년 전만 해도 테니스에 단 1분의 관심도 쏟지 않았던 제가 이렇게 바뀐 것은, 테니스를 조금 할 줄 알게 되었기 때문입니다. 모를 때에는 재미는커녕 관심도 없었는데 조금 할 수 있게 되니 더 알고 싶고, 알게 되니 더 많은 재미를 느끼게 된 것입니다.

'마중물'이라는 것이 있었습니다. 수도가 보급되기 전, 집 마당이나 마을 중앙에 물을 끌어올리는 펌프가 있었는데, 물을 끌어올리려면 반드시 먼저 윗구멍에 물을 부어야만 했고, 그때 붓는 물을 마중물이라 하였습니다. 땅속에 아무리 많은 물이 있다 해도 마중물을 붓지 않으면 물을 끌어올릴 수 없습니다. 공부에서도 마중물이 필요한데 예습이 바로 마중물입니다.

'거미도 줄을 쳐야 벌레를 잡는다'는 속담이 있습니다. 무슨 일이든 준비가 있어야만 성과를 얻을 수 있다는 말이지요. 이를 공부에 적용한다면 '예습을 해야만 공부를 잘할 수 있다' '예습 없이 수업에 임하는 것은 밑 빠진 독에 물 붓기에 다름 아니다' 이겠지요. 모르니까 재미없고 재미없으니까 관심 없고 그래서 계속 모르게 됩니다. 알면 재미가 넘치고 거기에 관심이 더해져 더 자세하게 알 수 있게 되는 것이고요.

공부를 못하는 이유 중 하나는 집중력이 부족하기 때문이고 잡념이 많기 때문입니다. 잡념을 몰아내고 집중력을 키우는 데 예습보다 더 좋은 것은 없습니다. 예습은 알기 위해서 하는 것이 아니라 수업 시간에 집중력을 높이기 위해 하는 것입니다. 무엇을 공부할 것인지를 아는 것, 자신이 모르고 있다는 사실을 확인하는 것이 예습입니다. 예습한 내용을 완벽한 지식으로 만드는 일은 수업과 복습을 통해 하면 되는 것이지요.

어떻게 하면 논술을 잘할 수 있느냐는 질문을 많이 받습니다. 예전에는 이러쿵저러쿵 방법을 실명해 주었는데, 얼마 전부터는 다독多讀 다작多作 다상량多商量이라는 구양수의 3다多를 이야기할 뿐입니다. 그러면 대부분의 학생, 학부모님들은 고개를 끄덕이기보다는 실망의 표정을 짓고서 비법을 가르쳐 주겠다는 선생님을 찾아 학원을 기웃거립니다.

논술論述은 말 그대로 논리적으로 서술하는 글쓰기입니다. 학교 정규 수업 시간에 배우지 않는다는 이유로, 또는 논리적이라는 말에 압도되어 전문 강사에게 배워야만 한다고 생각하는 사람이 많은데, 배워서 나쁠 것은 없지만 논리적 글쓰기는 굳이 누군가에게 따로 배워야 잘하는 것이 아닙니다. 다른 공부와 마찬가지로 책을 스승 삼아 스스로 연구하면서 터득해 가다 보면, 어떤 논제가 나오더라도 훌륭한 논술문을 작성할 수 있습니다. 많이 읽고 많이 생각하면 많은 지식을 쌓을 수 있고, 구성 방법을 터득할 수 있으며 논리적으로 설명하는 방법도 알게 됩니다.

대학 교수나 해당 분야의 전문가들이 논리적이고 설득력 있게 글을 잘 쓰고 말도 잘하는데 그분들이 논술을 배웠을까요? 따로 논술을 배운 사람은 아마 없을 것입니다. 다만 해당 분야에 대한 지식이 많고 평소에 생각하는 훈련을 많이 했기 때문에 말을 잘하고 글도 잘 쓰는 것이겠지요. 그렇습니다. 논리적으로 말을 잘하고 글을 잘 쓰는 사람들은 논술을 따로 배워서가 아니라 많이 읽고, 많이 생각하고, 많이 쓰는 연습을 꾸준하게 해 왔기 때문입니다.

논술을 잘하고 싶다면, 잘 가르친다고 소문난 논술 선생님을 찾아나설 게 아니라 책을 많이 읽어 지식을 축적하고, 많이 생각하여 사고의 폭을 넓혀야 하며, 자신이 없더라도 쓰고 또 쓰는 연습을 게을리하지 말아야 합니다. 어디 글쓰기뿐이겠습니까? 고기도 먹어 본 사람이 잘 먹고, 놀기도 평소에 많이 놀아 본 사람이 잘 놉니다. 요리하기도 운동하기도 일하기도 많이 해 본 사람을 당해 낼 사람은 없습니다. 누구라도 그 방면의 일을 자주 하다 보면 달인이 될 수 있는 것입니다.

많이 생각해 보아야 합니다. 많이 읽고 많이 써 보는 것과 함께 많이 생각해 보는 것이 중요합니다. 지식을 나열하는 것이 논술이 아니라 출제자가 요구하는 것에 대한 자신의 생각을 쓰는 것이 논술입니다. '생각하는 축구'여야 하고 '생각하는 말하기'여야 하듯 논술에서도 '생각하기'는 매우 중요합니다.

그런데 스스로 읽어서 글의 의미를 이해하려 노력하기보다 선생님에게 배우려고만 합니다. 스스로 글을 읽고 자료를 분석하여 자신의 생각으로 정리하려 하지 않고 멍하니 앉아서 선생님의 설명을 받아쓰기 바쁘고 그것을 외우려고만 버둥거립니다. 사교육 없이 공부하는 아이들조차도 탐구 활동을 통해 스스로 알아 내려 하지 않고 자습서나 해설집을 참고하여 쉽게 얻으려고만 합니다. 그러니 글을 읽어도 그 뜻을 모르고 읽은 글의 의미를 이해하지 못하면서도 이해한 것으로 착각합니다. 설명을 듣지 않고는, 자습서와 해설집 없이는 내용 요약이나 주제 파악을 못하는 학생들이 너무 많습니다.

독서를 위해 필요한 것이 책과 시간과 공간인데, 요즘 아이들에게는 책과 공간은 있으나 시간이 없습니다. 공부해야 한다는 이유로 진짜 공부인 독서할 시간을 갖지 못하는 것입니다. 공부를 잘하기 위해서도 독서가 중요한데 독서와 공부를 별개로 생각하는 학생과 학부모들이 의외로 많습니다. 초등학생, 중학생은 말할 것도 없고, 고등학생들에게도 학과 공부 못지않게 중요한 것이 독서입니다.

아이들에게 시간을 주면 좋겠습니다. 아이들에게 스스로 이해하고 탐구하고 암기하고 생각할 시간을 주면 좋겠습니다. 예습하고 복습할 시간을 주고, 차분하게 책 읽을 시간을 주며, 여유 있게 사색에 잠길 시간을 주면 정말 좋겠습니다. 학원에 가서 강의 받을 시간을 스스로 탐구하는 시간으로 바꾸어 주어야 하고, 인터넷 강의 들을 시간을 책과 친구할 수 있는 시간으로 바꾸어 주면 좋겠습니다. 훌륭한 부모 되는 일 어렵지 않습니다. 스스로 공부할 시간을 주기만 한다면, 스스로 생각하면서 공부할 시간을 빼앗지만 않는다면 훌륭한 부모 될 자격 충분히 있습니다.

의문을 품어야 공부가 시작됩니다

　　　　　　　조선 후기 실학자 홍대용은
《여매헌서》에서 "처음 공부할 때에 의문을 품지 못하는 것이 사
람들의 공통된 병통이다"라고 하였습니다. 의문을 품는 것은 공
부의 씨앗을 뿌리는 일이고, 의문을 품어야만 공부를 잘할 수 있
게 된다는 말일 것입니다.

　공부工夫의 또 다른 말은 학습學習인데, '배울 학學'에 '익힐 습
習'을 씁니다. 배우고 익힌다는 의미이지요. '물을 문問'을 써서
'학문學問'이라고도 합니다. 배우고 질문한다는 의미입니다. '익
힘習'과 '질문問'을 잘해야 공부를 잘할 수 있는 것이지요. 정말
그렇습니다. 30여 년 동안 학생들을 지도하면서 얻은 결론은, 반

복해서 익히는 학생과 의문을 품을 줄 아는 학생이 좋은 성적을
낸다는 것입니다.

공부 잘하는 학생과 그렇지 않은 학생의 차이점 중 하나가 의
문을 품을 줄 아는 능력입니다. 의문을 품고 그 의문을 해결하려
씨름하는 아이는 부쩍부쩍 성장해도 아무 생각 없이 고개만 끄
덕이는 학생은 속도가 더딥니다. 그런데 안타깝게도 요즘 대다수
학생들은 '의문'을 품지 않고 '질문'도 거의 하지 않습니다. 15년
전만 해도 학생들이 수업 중에 또는 수업이 끝난 뒤 교실에서 복
도에서 질문하고, 교무실까지 찾아와 귀찮을 정도로 질문을 하곤
했는데, 요즘 학생들에게는 거의 질문을 받지 못합니다.

질문質問한다는 것은 깊이 고민하고 생각한다는 증거입니다.
질문을 준비하는 시간, 질문하는 시간, 그리고 질문의 답을 듣는
시간에는 누구라도 집중합니다. 잡념이 끼어들 틈이 없지요. 이
런 이유로 질문을 많이 하는 학생이 공부를 잘하는 것은 지극히
당연한 결과입니다. 수업 시간에 선생님의 질문에 대답하지 못
하는 것이 어리석음이 아니고, 모르면서도 아는 척하여 배울 기
회를 놓치는 것이 어리석음입니다. 질문하면 알아낼 수 있음에
도 부끄러움이나 자존심 때문에 모르는 채 넘어가서는 안 됩니
다. 질문하는 것이 당장은 부끄럽고 귀찮겠지만 결국은 자신에

게 엄청나게 큰 힘이 된다는 사실을 알아야 합니다. 그렇기 때문에 선생님께 매일 한 가지 이상 질문하겠노라 다짐하고 실천하는 것도 공부를 잘할 수 있는 좋은 방법입니다.

질문하기 위해서라도 책을 읽어야 합니다. 책을 읽고 생각해보는 과정에서 의문이 생기고, 의문을 풀어 가는 과정에서 실력이 향상되기 때문입니다. 많이, 그리고 깊이 생각해 본 후에, 의문이 생기는 것은 거리낌 없이 질문하여 완벽한 지식을 쌓을 수있어야 최후의 승리자가 될 수 있습니다.

의문을 만들고 해결하려는 자세는 잡념을 없애 주고 집중력을 높여 줄 뿐 아니라 흥미까지 불러일으킵니다. 필요가 발명의 어머니인 것처럼 지식 습득은 의문을 품는 일에서 시작됩니다. 먼저 모른다는 사실부터 알아야 합니다. 모른다는 사실을 아는 상태에서 선생님이 알려 주었을 때에 공부가 재미있어지고 지식도 습득할 수 있게 되는 것입니다.

《나는 파리의 택시운전사》의
저자 홍세화 씨가 강연회에서 프랑스에 살 때 자녀들 때문에 학
교에 두 번 불려간 적이 있다고 고백하는 것을 들었습니다. 이유
는 자녀가 학교에서 졸았기 때문이었답니다. 아이가 학교에서
졸았다는 이유로 학부모가 불려가다니, 그렇다면 우리나라 학부
모들은 거의 매일 학교에 소환당해야 하는 것 아닌가요?

　공부하느라 늦게 자는 아이들도 많고, 스마트폰과 노느라 잠
을 적게 자는 아이들도 많습니다. 공부를 잘하려면 정상 컨디션
을 유지하는 것이 절대적으로 필요한데, 잠을 적게 잔다는 것은
정상적인 컨디션을 포기하는 일이기에 무척 안타깝습니다. 좋지

않은 컨디션으로 3시간 공부하는 것보다 맑은 머리로 집중력을 발휘하여 1시간 공부하는 것이 훨씬 낫다는 평범한 진리를 무시하는 것이 안타까워 아이들을 야단치지만, 아이들은 아랑곳하지 않고 하루 종일 졸고 자기를 반복합니다. 양이 아니라 질이 중요하다는 사실을 모르는 것 같아 화까지 납니다.

오락을 위해 늦게 자는 것뿐 아니라 공부하느라 늦게 자는 것도 눈앞의 욕심에 급급해 자신을 망치는 어리석은 행동입니다. 책상 앞에 앉아 있는 것이 공부하는 것이라는 착각에서 벗어나야 합니다. 맑지 않은 정신으로 공부하는 것은 밑 빠진 독에 물 붓기입니다. 졸지 않는 것을 맑은 정신과 동일시하는 학생이 적지 않은데 이것 역시 큰 착각입니다. 스펀지가 물을 빨아들이듯 지식을 받아들일 수 있는 정신 상태라야만 맑은 정신이라고 말할 수 있는 것이니까요.

맑은 정신을 유지하기 위해 가장 필요한 것이 충분한 수면입니다. 최소 7시간 잠을 자야만 정상적 생활이 가능합니다. 잠자는 시간은 시간 낭비가 아니라 에너지를 쌓는 시간인데, 에너지는 음식으로도 충전하지만 수면으로도 충전해야 합니다. 전교 20등 정도에 머물던 학생이 중간고사에서 전교 1등을 하였기에 비결을 물었더니, "선생님 말씀대로 평소에는 물론 시험 기간에도 11시 30분 이전에 잠자리에 들었습니다"라고 대답하였습니다. 그 학생뿐 아니라 실제로 잠을 충분히 자서 좋은 결과를 낸 학생들을 많이 보았고 잠을 적게 자서 나쁜 결과를 낸 아이들도 많이 보았습니다.

선생인 내가 보기에는 분명히 졸았는데 졸지 않았다고 우기는 학생이 있습니다. 거짓말을 하는 것이 아니라 자기도 모르는 사이 깜박 졸았기에 졸았다는 생각조차 하지 못한 것이지요. 책상에 엎드려 자지 않았더라도, 살포시 졸음에 빠진 상태라 하더라도 공부가 되지 않기는 마찬가지입니다. 비몽사몽非夢似夢 상태에서 공부가 될 리 만무하니까요. 공부는 정신노동이잖아요. 육체노동이라면 살포시 잠이 온 상태에서도 어느 정도 성과를 낼 수 있지만 정신노동인 공부에서는 조금이라도 정신이 맑지 못하면 조금의 결과도 낼 수 없습니다.

학교에서 비몽사몽, 학원에서도 가물가물, 집에서도 꾸벅꾸벅, 햇빛 아래에서도 해롱해롱, 달빛 아래에서도 흐물흐물, 침대 위에서도 흐리멍텅…. 졸면서도 부끄러워하기는커녕 밤에 열심히 공부하였노라 은근히 자랑하는 학생도 있습니다. 수면 부족으로 공부의 효율이 떨어진 것은 생각하지 못하고 선생님의 수업이 재미없다며 교수법만 탓하는 아이들도 많고요.

자신을 '저녁형 인간'이라 칭하면서 밤늦게까지 공부하는 것을 정당화하는 학생이 있습니다. '저녁형 인간'은 없습니다. 다만 자신이 '저녁형 인간'으로 만든 것이지요. 왜 '아침형 인간'이어야 하느냐고요? 모든 시험이 아침에 치러지기 때문입니다. 학교 수업도 아침에 이루어지고요. '아침형 인간'이 되려면 시간과 노력이 필요합니다. 아침에 잠이 오더라도 참아 내고 저녁 11시 정도에 잠자는 습관을 3주나 4주 정도 계속하면 아침에 머리가 맑아지고 밤에 잠이 잘 오게 되어 있습니다. 시험 잘 치르는 학생은 시험 전날 밤 늦게까지 공부한 학생이 아니라 시험 날 아침에 일찍 일어나서 그동안 공부했던 내용을 정리하는 학생이라는 사실과 함께 아침형 인간은 선택이 아닌 의무라고 말해 주고 싶습니다.

나폴레옹을 들먹이면서 하루 4시간 정도만 자도 되는 것 아니냐고 반문하는 학생도 있습니다. 나폴레옹이 실제로 잠을 적게 잤는지는 모르겠지만 하루 4시간 정도만 자고도 공부나 생활에 지장 없는 사람이 있다는 사실은 인정합니다. 그러나 누구라도 4시간 수면으로 충분한 것은 아니라는 사실을 알아야 합니다. 키 190센티미터 이상인 사람이 2퍼센트 미만이듯, 4시간의 수면으로 문제가 되지 않을 사람 역시 2퍼센트 미만입니다. 잘생긴 얼

• • • 맑은 정신은 충분한 수면에서

굴로 태어난 것이 축복이듯, 4시간 수면으로 생활에 지장이 없는 사람 역시 축복입니다. 대다수 사람들은 4시간 수면으로는 부족하다는 사실을 운명으로 받아들여야 한다는 말입니다. 중요한 것은, 잠을 적게 자는 것이 아니라 깨어 있는 시간에 얼마만큼 집중하여 공부하느냐입니다. 시속 10킬로미터로 16시간을 달리면 160킬로미터를 가지만, 시속 70킬로미터로는 8시간만 달려도 560킬로미터를 갈 수 있습니다.

잠은 모든 것을 쉽게 하여 마음에 평안함을 가져다줍니다. 근심과 갈등도 해소해 주고, 피곤에 지친 육체와 정신도 달래 주며, 다음 날 다시 활동할 수 있는 힘도 만들어 주지요. 잠을 존중하고 잠을 사랑해야 하는 이유입니다. 잠을 이기려고 하는 것은 자연의 섭리에 반하는 일이고, 잠을 적게 자면서 좋은 결과를 얻으려는 사람은 날개 없는 원숭이가 하늘을 날겠다고 몸부림치는 것과 같습니다. 공부에서도 양이 아니라 질이 중요합니다. 질을 높이는 가장 쉽고도 분명한 방법은 충분한 수면이고요.

●●●　"내내 그 생각만 했습니다"

　　　　　　　　　　　　　　칠판에 '생각 사랑'이라 써 놓
고 아이들에게 무슨 뜻인지 설명해 보라 했더니 이런저런 해석
이 나왔습니다. 아이들의 이야기를 들은 뒤 '생각하기를 사랑하
라' '사랑할 것을 생각하라' '생각하고 사랑하라'라고 설명해 주
었더니 고맙게도 모두가 고개를 끄덕였습니다. 가장 멋진 급훈
을 만들었다는 뿌듯함에 다음 날 태극기 옆에 '생' '각' '사' '랑'
네 글자를 큼지막하게 출력하여 붙였습니다.

　대한민국에서 가장 중요한 시험인 대학수학능력시험. 해마다
출제위원장이 사고력 측정에 주안점을 두고 문제를 출제하였다
고 분명히 밝히는데도 대부분의 학생들과 학부모들은 이 말에

귀 기울이지 않습니다. 사고력이 '생각 사思' '곰곰이 생각할 고考' '힘 력力'으로 '생각하고 생각하는 힘'이라는 사실을 모르지 않을 터인데, 학생들은 생각하기에 힘쓰기는커녕 생각하기를 귀찮아하고 선생님들도 생각할 기회를 주지 않으며 학부모들 역시 아이들이 스스로 생각할 때까지 기다리지 못합니다.

　뉴턴은 어떻게 만유인력의 아이디어를 발견했는지 묻는 질문에 "내내 그 생각만 했습니다"라고 대답하였고, 아이슈타인 역시 어떻게 상대성원리를 발견했느냐는 물음에 "몇 달이고 몇 년이고 생각하고 또 생각했다"고 답했습니다. 묵묵히 생각하기를 포기하지 않은 도전의 결과라는 이야기이지요.

　창의성 역시 그 시작은 '생각하기'입니다. 생각하기는 학문에서뿐 아니라 삶 전반에서 매우 중요합니다. 생각하는 축구라야 승리할 수 있고, 생각하는 요리라야 맛이 있으며, 생각하는 여행이라야 즐거움을 만끽할 수 있습니다. 생각 없이는 승리도, 맛도, 즐거움도 자신의 것으로 만들 수 없습니다.

　어린 시절에 생각하는 습관을 들이는 것이 좋습니다. '빨리빨리'를 친구하지 말고, 눈앞의 결과에 연연하지 말며, 결과물을 얻지 못하더라도 과정만으로 즐거워하고 만족할 줄 알아야 합니다. 시나 소설을 온전하게 감상하지 못하는 이유 역시 깊이 생각하지 않고 생각하는 것을 귀찮아하기 때문이 아닐까 생각해 봅니다.

즐거움과 행복은 신나게 웃고 떠들며 노래할 때 찾아오기도 하지만, 혼자 조용히 음미하고 생각하면서 새로운 진리를 깨달을 때에 더 크고 강하게 우리를 찾아와 미소 짓습니다. 노래를 감상할 때도 멜로디에 심취하는 데 만족하지 않고 가사의 의미까지 음미하게 되면, 멜로디로는 느끼지 못했던, 인간을 이해하고 세상의 이치를 깨닫게 되는 즐거움을 맛볼 수 있습니다.

큰일을 해낸 사람, 의미 있는 삶을 살다 간 사람, 세상 사람들의 존경을 받은 사람들은 대부분 독서와 함께 생각하기를 즐겨 하였습니다. 배우지 않고 생각하는 것도 위험하지만 생각 없이 배우기만 하는 것도 위험합니다. 그럼에도 많은 사람들이 스스로 생각하여 판단하기보다 주위 사람들의 생각을 무작정 좇아가기 바쁩니다. 학생들 역시 생각 없이 읽고 암기하고 문제 풀이만 하다 보니 정작 시험에서 좋은 결과를 내지 못합니다.

교육이 우리 삶에 행복을 주기보다 피폐함만 준다면, 교육 때문에 고통스럽다면 그것 역시 '생각 없음' 때문입니다. 교육 정책을 수립하는 사람이나 현장에서 아이들을 지도하는 선생님의 '생각 없음'도 문제지만, 부모님이나 학생의 '생각 없음'도 문제입니다. 생각해 보지 않고 과거의 것을 답습하고, 비판적 사고 없이 남들이 하는 것을 따라하는 것은 어리석음입니다.

세상을 알아 갈수록 생각하기의 중요성이 절실히 다가옵니다. 무슨 일이든 성패는 '생각하기'에서 결정된다는 사실을 깨닫습니다. 생각하기의 중요성을 진즉 깨달았다면 지식도 지혜도 더 많이 쌓고, 훨씬 더 멋진 삶을 살았을 것이라는 아쉬움이 있습니다. '생각 사랑'을 큼지막하게 써 붙인 제 마음을 아이들이 빨리 알아준다면 좋겠습니다.

••• 진짜 우정은 'No'에서

성경에 '미워하라'는 말이 있
다는 사실 을 아시나요? '미워하는 일'은 무조건 나쁜 일인 줄로
만 알았는데, 〈로마서〉 12장에 '악을 미워하고 선에 속하라'는
말이 있었습니다. 미워하는 일이 무조건 나쁜 것이 아니라 미워
할 일이나 미워할 사람은 미워하는 것이 옳다는 말이겠지요.

'냉정함'도 마찬가지입니다. 냉정함이 좋은 것은 아니지만 상
황에 따라서는 냉정할 수 있어야 합니다. 인생의 주인은 자신이
니까요. 그리고 자신에게 주어진 시간은 24시간으로 한정되어
있으니까요. 하찮은 정情에 이끌려 자신의 삶이 아닌 다른 사람
의 삶을 살거나 황금보다 더 소중한 시간을 낭비하는 일은 어리

석은 행위입니다. 우정을 가꾸는 일은 중요하지만 친구와 의미 없는 시간을 함께하는 것은 우정 만들기가 아니라 시간 낭비하기입니다. 친구의 시간과 자신의 시간을 아무렇게나 낭비하는 결과를 가져오고, 서로에게 이익은커녕 손해를 가져다주기 때문입니다.

자기 삶의 주체가 되지 못하고 남에게 끌려 다니는 아이들이 많습니다. 선한 일이고 또 서로에게 이익이 되는 일이라면 이끌려 가는 것도 나쁘지 않겠지만, 서로에게 부담되는 일이면서 자신에게도 친구에게도 시간만 낭비되는 결과를 가져온다면 정중하게 거절하는 것이 현명합니다. 거절하는 것이 우선은 어색하고 미안하겠지만 결국은 자기를 위하는 일일 뿐 아니라 친구를 위하는 일도 되니까요.

잘못이라고 생각하는 일에 대해 '아니오'를 외칠 수 있는 용기, 남들이 모두 '아니오'라고 이야기할 때에 '예'라고 이야기할 수 있는 용기는 정말로 중요합니다. 자기 자신을 지배할 줄 아는 사람만이 남을 지배할 수 있고 자기 자신을 지배하기 위해 필요한 것이 침착함과 냉정함이기 때문입니다.

감정에 이끌리지 말고 냉정해야 합니다. 자신이 있어야 할 곳은 어디이고 머물러서 안 되는 곳은 어디인지를 알아야 하고, 해야 할 일이 무엇이고 하지 말아야 할 일은 또 무엇인지를 알아야 합니다. 또 오늘의 판단과 행동이 훗날에 자랑스러움으로 남을지 후회로 남을지도 생각해 보아야 합니다. 만일 후회할 가능성이 있는 일이라 생각되면 친한 친구에게도 단호하게 '아니오'를 외칠 수 있어야 합니다. 무조건 '예' 하는 것이 우정이 아니라 더불어 발전의 길을 택하는 것이 우정이니까요.

성공과 관계없이 삶이란 주체적이고 자유롭고 냉정해야 합니다. 다른 사람에게 나쁜 인상을 주어서는 안 된다는 생각으로 주체적이고 자유로운 삶을 포기하거나 냉정함을 잃는 것은 어리석은 일입니다. 특히 시간에 냉정해야 합니다. 재물은 상황에 따라 인색하게도 풍성하게도 사용할 줄 알아야 하지만, 시간은 언제 어떤 상황에서도 인색하게 사용해야 합니다. 특히 젊은 날에는.

· · · 진짜 우정은 'No'에서

●●●　　마음이 편해야 공부합니다

　　　　　　　　　　　　　　남학생들 중에 영국이나 스페
인 프로축구 선수들의 이름을 줄줄 외우는 아이들이 있습니다.
영어 단어와 수학 공식은 못 외우면서 맨체스터 유나이티드나
레알 마드리드 선수 이름은 포지션별로 다 외웁니다. 축구 해설
가 못지않은 지식과 정보도 꿰차고 있고요. 어떻게 이것이 가능
할까요? 정답은 '흥미'입니다. 공부 잘하는 비결도 이와 다르지
않습니다. 흥미를 느끼고 좋아하게 되면 신바람이 나서 이해도
암기도 쉬워져 공부를 잘할 수 있게 됩니다.
　　지식 획득에 대한 욕구는 인간의 원초적인 본능입니다. 잘 몰
랐던 사실을 알아 가는 것은 큰 즐거움 중 하나입니다. 부모님이

나 선생님의 강요 때문에 어쩔 수 없이 하는 것이 아니라 자신의 미래를 위해 공부한다고 생각하면, 알아 가는 기쁨 그 자체를 위해 공부한다고 생각하면 신바람 나게 공부할 수 있습니다. 흥미를 가지고 공부하면 공부에 몰두할 수 있게 되고 큰 효율을 거둘 수 있습니다.

과거에는 공부가 귀족들의 오락이었다고 하지요. 지식을 쌓아 가는 기쁨이 오락이 될 정도로 크다는 것을 알았던 것입니다. 그러고 보니 공부는 '꿩 먹고 알 먹고'입니다. 기쁨도 느끼고 미래의 삶도 윤택하게 만드니까요. 많은 시간을 투자해 어려운 문제를 해결한 후 성취감과 기쁨을 맛본 적이 있다면 공부는 따분한 작업이 아니라 즐거운 작업이고, 미래의 행복뿐 아니라 현재의 행복을 만드는 일임을 알 수 있을 것입니다.

이처럼 공부가 미래와 현재를 행복하게 만드는 일임에도, 많은 학생들이 공부를 지루하고 재미없는 일로 여기는 데에는 어른들의 잘못도 있습니다. '강요'와 '기다려 주지 못함'이 문제입니다. 이제부터라도 억지로 암기하도록 강요하지 말고 탐구하고 생각할 시간을 주고 기다려 주어야 합니다. 대학 입시를 위해서, 좋은 직장을 얻기 위해서뿐 아니라 알아 가는 기쁨을 위해 공부하게 한다면 더 나은 결과를 얻을 수 있습니다.

휴식도 반드시 취해야 합니다. 공부도 힘이 있어야 잘할 수 있는데 힘은 휴식으로 만들어집니다. 책상 앞에 앉아 있는 것이 목적이 아니니 피로가 몰려오면 버티고 앉아 있지 말고 스트레칭을 하거나 손을 씻거나 물을 마셔서 피로를 풀어 주어야 합니다. 20분 정도 낮잠을 자는 것도 괜찮은 방법입니다. 다만, 스마트폰이나 컴퓨터게임은 피로나 스트레스를 없애는 것이 아니라 오히려 키우기 때문에 삼가는 것이 좋습니다.

무딘 도끼로 10시간 내내 나무를 자르는 것보다 2시간 도끼를 간 다음 1시간 도끼질하고, 10분 쉬고 1시간 도끼질하고 10분 쉬고 또 1시간 도끼질하는 것이 더 많은 나무를 자를 수 있습니다. 공부도 마찬가지입니다. 공부하는 시간은 중요하지 않습니다.

스타는 큰 경기에 강하다고 합니다. 경기에 임하는 마음 자세가 중요하다는 말이지요. 마음의 여유를 가져야 일을 잘 풀어 갈 수 있고, 자신감을 가져야 목표를 이루기 쉽다는 이야기이지요. 급하게 먹으면 체하기 마련이고 서두르다 보면 일을 망치기 쉽습니다. 서두르지 말고 여유를 갖고 공부해야 좋은 결과를 얻을 수 있습니다.

운동선수가 긴장 상태에서 여유 없이 경기에 임하면 낭패를 당하기 쉬운 것처럼, 공부하는 학생 역시 여유 없이 부리나케 많이 얻으려 하면 아무것도 얻을 수 없습니다. 학문에 왕도가 없음을 믿고 서두르지 말고 공부에 임해야 합니다. 짧은 시간에 비법을 이용하여 실력을 쌓겠다는 욕심을 버리고 기초부터 천천히 확실하게 쌓아 나가야 한다는 말이지요. 어차피 아무리 노력해도 세상의 모든 지식을 다 취할 수 없다는 인간의 한계를 인정하고, 모든 것을 알아내겠다는 욕심도 버리는 것이 좋습니다. 세상일이 욕심대로 되는 것이 아니며, 두 마리의 토끼를 잡으려 욕심내면 한 마리 토끼도 잡지 못하게 되는 것이 세상 이치임도 받아들여야 합니다.

차이는 '여유'에 있습니다. 훌륭한 운동선수와 그렇지 못한 운동선수의 차이도, 공부를 잘하고 못하고의 차이도 '여유'에 있습니다. 여유가 있어야 생각을 깊고 넓게 할 수 있고, 이해도 암기도 쉬우며, 오랜 시간 공부해도 지치지 않습니다. 여유를 가져야만 짜증나지 않고 즐거움을 찾을 수 있으며 행복도 만들어 갈 수 있습니다.

마음을 편하게 가져야 잘할 수 있고 효율도 향상됩니다. 특히 공부는 정신노동이기에 느긋하고 편안하고 즐거운 마음이 필요합니다. 누군가를 미워하면 내 마음이 괴롭고, 마음이 괴로운 상태에서는 학습 능률이 떨어질 수밖에 없습니다. 괴로운 일이나

··· 마음이 편해야 공부합니다

불편한 상황을 아예 만들지 않는 것이 현명합니다.

스트레스는 만병의 근원일 뿐 아니라 공부의 적이기도 합니다. 스트레스에 억눌린 상태에서 공부를 잘할 수 있는 사람은 없습니다. 근심 걱정이 가슴속에 가득 들어차 있는데, 생각이 다른 곳에 가 있는데, 분노의 감정이 식지 않았는데 어떻게 공부에 집중할 수 있겠습니까? 걱정 없는 편안한 마음을 유지해야 공부도 잘할 수 있습니다. 욕심을 버리고 웃으면서 손해 볼 줄 알아야 하고 양보할 줄 알아야 하며 용서할 줄도 알아야 합니다.

마음의 편안함과 함께 몸의 편안함도 중요한데 기본적으로 책상과 의자가 몸에 맞아야 합니다. 책상의 높이가 자기 몸에 맞지 않으면 요통, 목 디스크, 시력 저하 등의 질병을 가져올 수 있고 이것은 집중력 저하와 주의력 감소로 이어져 공부를 방해합니다. 책상의 높이는 의자 높이보다 30센티미터 정도 높아야 하고 의자에 앉아 어깨를 늘어뜨렸을 때 팔꿈치가 90도로 구부러질 수 있어야 합니다. 의자는 팔걸이가 있는 의자라야 피로를 줄일 수 있습니다. 높낮이를 조절할 수 있는 책상과 의자라면 한 번만 조절하면 되니 귀찮다 생각하지 말고 조절하여 사용할 것을 권합니다.

독서대 사용은 선택이 아니라 의무입니다. 독서대를 사용하

그래도, 부모

지 않는 것은 식탁이나 밥상을 사용하지 않고 방바닥에 밥과 반찬을 놓고 식사하는 것과 같습니다. 독서대 없이 책을 보게 되면 어쩔 수 없이 등과 목을 구부리게 되는데 10분 정도야 문제 되지 않겠지만 시간이 흐르면 피로를 느끼게 되고 집중력이 떨어지게 됩니다. 척추측만증과 거북목증후군도 피할 수 없지요. 독서대는 각도 조절이 잘 되는 것이 좋고 무게감 있는 것이 좋습니다. 다른 물품에 비해 비싼 물건이 아니니 가능한 좋은 상품을 선택하고, 하나가 아니라 두 개 정도를 함께 사용하는 것도 좋습니다. 처음에는 독서대를 사용하는 것이 어색할 수도 있지만, 한동안 사용하다 보면 독서대 없이는 공부를 못하겠다는 이야기가 나올 것입니다.

하워드 스티븐슨 하버드대 교수는 "인생을 최대한 활용하는 사람은 주위 사람들과 원만한 관계를 유지하는 사람"이라고 했습니다. 실제로 공부를 잘하는 아이들은 일반적으로 인간관계도 원만하고 친구들과 갈등도 없습니다. 맞은 사람은 다리 뻗고 자도 때린 사람은 다리 못 뻗고 잔다고 하지요. 남을 괴롭게 하면 오히려 자신이 더 괴로운 법입니다. 공부를 잘하기 위해서라도 남을 괴롭게 하지 말고 남에게 피해 주는 일은 하지 말아야 합니다. 욕먹을 짓 하지 말고 가능한 범위 내에서 조건 없이 용서할 수 있어야 합니다.

　남을 미워하지 않도록 노력한다면 더 좋겠지요. 미워하는 마음은 괴로움이고 괴로움은 몸과 뇌의 정상적인 활동을 방해하기 때문입니다. 갈등이 있고 그 갈등으로 마음이 편안하지 못하면 공부 역시 제대로 잘할 수 없으니까요. 친구, 선생님, 가족들과 좋은 관계를 유지해야 하는 이유입니다. 되도록 말을 줄이는 것도 현명함입니다. 말을 많이 하면 많은 에너지를 소비하기도 하거니와, 말이 많으면 실수가 많아지고 실수로 인한 갈등과 괴로움이 공부를 망칠 수 있기 때문입니다.

　공부를 잘하기 위해서는 물론이고 행복을 위해서도 불편한 관계와 상황은 만들지 않는 것이 좋습니다.

●●● 혼자 있는 시간이 필요해요

산에는 꽃 피네
꽃이 피네
갈 봄 여름 없이
꽃이 피네.

산에
산에
피는 꽃은
저만치 혼자서 피어 있네.
산에서 우는 작은 새여

꽃이 좋아

산에서

사노라네.

산에는 꽃 지네

꽃이 지네

갈 봄 여름 없이

꽃이 지네.

김소월의 시 〈산유화〉입니다. 이 시는 학창 시절 처음 만났지만 그때 만남은 수박 겉핥기였고, 진정한 만남은 선생이 되고도 한참 뒤였습니다. 세상을 조금 안 뒤에야, 찬찬히 이 시를 읽은 뒤에야 고개를 끄덕일 수 있게 된 것이지요. 꽃이 피듯 사람이 태어나고, 꽃이 저만치 혼자서 피는 것처럼 사람 역시 어느 귀퉁이에서 혼자 고독하게 살아갑니다. 새와 꽃이 고독하듯 인간 역시 고독에서 벗어날 수 없고, 꽃이 남김없이 지듯 사람 역시 흔적 없이 죽는다는 삶의 진리를 이 시를 통해 깨달았습니다.

인간뿐 아니라 세상의 모든 존재가 근본적으로 고독하다는 사실을 알고 마음이 가벼워졌습니다. 나만 외로운 것이 아니라

그래도, 부모

세상 만물 모두가 외롭다는 사실에 편안함까지 느꼈습니다. 다른 사람들도 외롭다는 사실을 확인하며 안도하는 저의 모습이 부끄럽기도 했지만, 그런 옹졸함이나 이기심을 저만 가지고 있는 것이 아니라는 사실에 미소를 지었습니다.

김현승의 시 〈가을의 기도〉 역시 고독의 가치를 깨우쳐 준, 저를 성숙하게 만든 시였습니다. 시간이 날 때마다 읊조리고 학생들에게도 암기하라고 합니다. 주제 연이 3연이기에 1,2연은 생략하고 3연만을 적어 봅니다.

가을에는
호올로 있게 하소서
나의 영혼
굽이치는 바다와
백합의 골짜기를 지나
마른나무 가지 위에 다다른 까마귀같이

고백컨대, 젊은 날에는 '호올로 있게 하소서'를 조금도 이해하지 못하였습니다. 호올로 있게 해 달라니? 고독하게 해 달라고 기도하다니? 그러다가 어느 순간, 위대한 것들은 모두 고독에서 탄생한다는 사실, 고독은 아름다운 것이라는 사실을 깨닫게 되었습니다. 모든 창작과 발전이 고독 없이는 불가능하다는 평범한 진리를 알게 된 것이지요.

예전에는 고독을 피하려 했고 혼자 있는 것이 싫어 늘 함께할 누군가를 찾아 두리번거렸는데, 나이를 먹으면서 혼자 있는 시간이 좋아졌고 혼자 있는 시간을 즐기기 시작했습니다. 왼손엔 고독 오른손엔 땡볕을 잡고 배낭 하나 둘러매고 이곳저곳을 걷기도 하였습니다. 그러면서 어렸을 때 혼자 있는 시간을 즐길 수 있었다면 내가 좀 더 성숙하였으리라는 생각을 했습니다.

인간을 성숙시키는 여러 요소 중 하나가 고독입니다. 위대한 모든 것은 고독 속에서 탄생했고, 많은 위대한 사람들이 고독의 중요성을 이야기했습니다. 사회적으로 성공한 사람들도 고독의 시간을 즐겼다고들 말합니다. 여러 사람과 함께하는 시간보다 홀로 있는 시간에 집중력, 사고력, 창의력이 발휘되기 때문인 것 같습니다. 홀로 있을 때에는 자신의 능력과 기호에 맞게 문제를 설정하고 스스로 시간을 조절할 수 있으며 시간 낭비도 줄일 수 있습니다. 혼자 있는 시간이라야 여유 부릴 수 있고 깊이 생각할 수 있습니다.

아이들에게 홀로 있는 시간을 주고, 권리도 책임도 부여하고 그 시간을 스스로 가꾸어 갈 수 있도록 도와주면 좋겠습니다. 어차피 시험장에서는 혼자이고, 일상생활에서도 혼자 판단하고 결정해야 할 일이 많기 때문입니다. 인간은 더불어 살지만 사실은 혼자입니다. 처칠은 "외로운 나무는, 어쨌든 자라기만 한다면 강하게 자란다"고 하였습니다. 진정한 자유는 고독 속에서만 누릴 수 있고 참된 행복과 참된 발전도 고독 없이는 불가능합니다. 고독을 친구 삼을 수 있어야 합니다. 고독은 그 무엇과도 바꿀 수 없는 성숙의 자양분입니다.

그래도, 부모

2017년 10월 30일 초판 1쇄 발행

지은이 | 권승호
펴낸이 | 노경인 · 김주영

펴낸곳 | 도서출판 앨피
출판등록 | 2004년 11월 23일 제2011-000087호
주소 | 우)07275 서울시 영등포구 영등포로 5길 19(37-1 동아프라임밸리) 1202-1호
전화 | 02-336-2776 팩스 | 0505-115-0525
전자우편 | lpbook12@naver.com
블로그 | blog.naver.com/lpbook12

ISBN 979-11-87430-17-9